徳間文庫

夜会

赤川次郎

徳間書店

目次

1　栄光

その日、日本中が熱狂した。

少し大げさな言い方だとしても、少なくともそう言って異議が出ないくらいには、事実に近かったと言える。

〈世界水泳選手権大会〉のTV視聴率は、日を追って低下していた。――無理もない。開催前には〈金メダルに一番近い！〉と騒がれ、〈悪くてもメダルは確実〉と新聞や週刊誌に書かれた有力選手が次々に予選落ちしていくのを、視聴者がいつまでも見ているわけはなかった。

準決勝で、すでに日本選手が一人もいない、ということも珍しくない。特に男子の成績は目を覆うばかりであった。

大会半ばで、早くもスポーツ紙では〈責任問題に発展〉という記事さえ出たくらいだ。

女子の競技は少し日程が遅く、それでもやはり「有力」なメダル候補は早々に予選落ちしていた。ただ、全体では男子よりましな結果で、それがイメージを良くしていた……。

その日、「女子百メートル自由形」の中継は、時差の関係もあって、本当は夜中になるはずだった。

それが突然、日本時間の夜八時という、一番いい時間に変更になった。〈ＴＶ局の工作か？〉と後に騒がれたが、本当は現地でのトラブルで、他の種目が後回しにされたせいだった。

急に〈生中継〉と出た「女子百メートル自由形」の画面に、面食らった人は少なくなかった。

沢井《さわい》聡子《さとこ》の家でも、両親と姉の初子《はつこ》は、中継が夜中と思い込んでいたので、ＴＶは点《つ》けてもいなかった。

初子の友だちから電話があって、初めてＴＶを点け、

「聡子、決勝に残ってる！」

と、びっくりしたのだから、呑気《のんき》なものである。

決勝に残るというのは、沢井家の家族にとって、「計算外」の活躍だった。

しかし、他にもう一人、聡子より二年上の選手がもともと「有力候補」として残っ

ていて、TVカメラも中継のアナも、専《もっぱ》らその選手のインタビューだけを簡単にすませ、一番端のコースにいる中学三年生の少女のことなど、忘れているようだった。

「ここまで行けば上出来だ」

と、父親もホッとした様子で、ごくあっさりとスタートするのを眺めていた。

五十メートルをターンした辺りから、何だか様子がおかしくなった。前半、猛スピードで飛ばした聡子は、トップの外国選手と一秒差だった。

当然、後半は疲れてペースが落ちる、と誰もが思っていたのだが――。
六十、七十……。聡子のペースは落ちない。ついにトップになって八十メートルを過ぎた。
ほんの数秒の間に、アナウンサーの中継もTVの前の視聴者も、一気に過熱状態になった。

「沢井、トップ！　沢井、トップです！　あと十五メートル、あと十メートル！　沢井、強い！」

アナウンサーの声は引っくり返ってしまい、場内の歓声も一気にわき立った。

「あと五メートル……。やった！　沢井聡子、十五歳の少女が、誰も想像もしなかった金メダル！」

優勝候補の筆頭に挙っていた外国選手は呆然《ぼうぜん》として、

「サワイって誰?」

という顔でキョロキョロしている。

「やった……」

沢井聡子の両親と、姉の初子も呆然としてTVの画面を見ていたが——。

電話の鳴る音で、家族は我に返り、そして、この夜一晩中、お祝いの電話と電報で眠れなくなってしまったのだ……。


「——眠ってるか」

コーチの声がした。

沢井聡子は〈眠れるわけがないじゃないの〉と思ったが、目を開けないでいた。

「ちょうどいい。——みんな、集まってくれ。ちょっと来てくれ」

コーチったら、列車の中で何を始めようというのだろう?

「聡子さんは?」

と、同じスイミングクラブの後輩、黒木《くろき》のぞみが言った。

「いいんだ、寝かしとけ」

と、コーチが小声で言って、「端へ。——向うの隅の方へ集まれ」

何の話をしようっていうの?

今さら、「起きています」とも言いにくくて、聡子は、リクライニングを倒したまま、目をつぶっていた。

同じ列車で故郷へ帰る女子選手たち。今度の世界水泳選手権にも、まとまって十人の選手を送り込んだ名門スイミングクラブの少女たちである。

コーチの柳田《やなぎだ》は、そのスイミングクラブで聡子を小学生のときから見て来た。そして、三年前、十五歳の聡子が金メダルを取ったあの夜、柳田も水泳界の大物になったのだった……。

「――よし、みんなよく聞け」

柳田の声は、年中プールサイドで怒鳴っているせいで、よく通る。きっと、聡子の座席から離れているので聞こえていないと思っているのだろう。

コーチったら……。私に内緒で何の話？　誕生日のお祝いでもやってくれるの？

「みんなも、分ってるだろう。今回の成績は満足なものとは言えなかった」

と、柳田は言った。「みんなよく頑張ったが、他の選手たちはもっと頑張ったんだ。負けたのは事実で、今さら仕方ない。しかし――来年はオリンピックがある。今度はそこへ目標を定めて、みんなでまた頑張ろう」

――気の早いこと！

聡子は苦笑した。

いくら泳ぐのが好きだっていっても、みんなまだ中学生や高校生なのだ。聡子だって、来春、やっと大学である。

一つ、大きな大会が終って、ホッとする間もなく、帰りの列車で「次の大会」の話? いやだいやだ! 思いっ切り食べて、思いっ切り遊びたい!

この大会が終ったら、聡子は東京へ遊びに行かせてもらうことになっていた。夏休みはあと半月だ。

あのコーチの口調じゃ、明日から練習かもしれない。冗談じゃない! 誰が何と言おうと、東京に行って遊ぶんだ! ディズニーランドに行って、原宿を歩いて、青山のケーキ屋さんに入って……。

止めたってむだですからね!

聡子は、柳田にそう言ってやりたかった。

「——今度の大会を見てて、みんなも分ったと思う」

と、柳田が続けた。「練習量が充分でなかった。それは、こう言っては可哀そうかもしれないが、聡子が真先に練習を切り上げてしまったからだ」

聡子は、思わず頭を上げた。しかし、口を開く前に柳田の言葉が耳に入ってくる。

「聡子は、もうだめだ。三年前が、あれのピークだった。確かに、スイミングクラブのシンボルでもあるし、知らない者はないくらいの人気者だが、水泳の実力は落ちている。――いいか。これからは、聡子に引張られちゃいかん。これから、のぞみ、お前がチームのリーダーだ。いいな?」

「――はい」

黒木のぞみが緊張した声で答える。

「のぞみはこれからまだ伸びていく。自分の成績のことを考えながら、みんなを引張っていくのは大変だ。しかし、お前ならできる。いいな。俺はお前を支えることだけに専念する。お前は、ただひたすら泳ぐんだ」

少しの間、沈黙があった。戸惑いの気配。

「――聡子さんには……」

「何も言うな。お前たちは今まで通りに接してればいい。聡子のことは俺が考える」

柳田は、そう言って息をつくと、「よし、席へ戻れ。あと十五分で駅だぞ」

みんなが席へ戻ってくる。

聡子は、固く目を閉じて、眠っているふりをした。けれども、固く握りしめた拳《こぶし》が震えていて、気付かれないかと心配だった。

「――のぞみ」

と、柳田が呼び止めて、「駅には出迎えが大勢来ているはずだ。成績順で言えば、お前がトップだが、ここは聡子を立てて、先に降ろしてやれ。いいな?」

「よし。お前、髪の毛が立ってるぞ。直しとけ」

「はい」

「やだ！」

と、笑いが起る。

聡子は、やっと目を覚ますきっかけを見付けた。

「聡子さん、よく寝てましたね」

と、のぞみが言った。

「うん。帰りの飛行機で、あんまり眠れなかったの」

欠伸《あくび》して見せて、「あと少しね」

「十五分ですって」

「顔、洗って来よう」

聡子は、座席の背に手をかけながら通路を進んで行った。

柳田は、スポーツ新聞を広げていたが、聡子がそばを通ると、

「よく眠れたか」

と、声をかける。

「はい、ぐっすり」

聡子は、目を合わせるのを避けた。

洗面台の所まで来ると、聡子は、

「ふざけんじゃないわ！」

と、口走った。

カッと顔が熱くなり、体が震えた。爆発しそうだった。

やり切れない思いと、ぶつけるあてのない怒り。体の中を、怒りの血が駆け巡っていた。

――三年前がピークだった、と言われればそうかもしれない。今度の大会で、辛《かろ》うじて準決勝まで行って敗退したのを、「ふがいない」と言われれば、否定はできない。練習不足と言われても、反論はしない。でも――自分が他の子の足を引張ったような、あの言い方は何だろう？

もっとやらせたければ、そう言えばいいのだ。コーチ自身は、練習を聡子たちに任せて、あちこちでTVや雑誌のインタビューをこなし、聡子も何度か引張り出された。

――分っている。

不本意な成績の責任を取らされるのがいやで、聡子のせいにしておきたいのだ。そして一番伸び盛りの黒木のぞみを手なずけておこうとしている。

そんな大人の思惑が見抜ける十八歳でいることは、悲しかった。

金メダルに輝いた十五歳からの三年間で、聡子は十年――いや二十年も年齢《とし》をとったような気がしていた。

聡子を利用しようとする大人が山ほど近付いて来た。中には、聡子が可愛いからと「タレントにならないか」と言ってくる者もいた。ＣＤデビュー、と本気で企画を持ち込んで来る人もあった。

そんな「雑音」を無視するくらいには冷静だった聡子だが、それでも、どうしても断り切れないＴＶ出演やインタビューで、ほとんどの休日は潰《つぶ》れた。それを指示していたのは、コーチの柳田だったのである。

あんな言い方……。ひどいじゃないの！

聡子は、洗面台の鏡の中の自分の顔をじっとにらみつけた。

――ガクン、と列車が揺れて、スピードが落ちる。

もう着くのか。早すぎるような気がして、乗降口の扉から外を見ると、

「一つ手前の駅か……」

小さな無人駅があって、朝夕だけ、中学生が乗り降りする。今は夏休みだから、それもほとんどないだろう。

列車が停り、扉がスルスルと開いた。

真正面に、誰もいない空っぽの改札口が見えた。ポカッと空いたその空間は、別の世界への入口のように見えた。

聡子は、とっさに列車を飛び出していた。

真直ぐに、正面の改札口を抜けて、外へ出た。そして列車の窓から見られないように、古ぼけた看板のかげに身を潜めた。

ピッと短く笛が鳴って、扉が閉り、列車が動き出す。

聡子はそろそろと立ち上った。そして――列車が見えなくなるまで、見送っていた。

息をついて、周りを見回す。

「――やっちゃった」

思わず笑ってしまった。

列車が次の駅に着く。そして、駅のホームには、市長だの教育長だの、何の肩書だかよく分らない大人がズラッと並んで、中学、高校生の女の子たちを出迎えるのだ。

でも、そこには、「一番知られた」スターがいない。

三年前にピークだった、沢井聡子は、どこにもいない。

柳田が、市長や校長先生にどう言いわけするのか、聡子はそれを思うと心の底から笑いがこみ上げて来た。

2　失踪

「連絡が悪くて、ご心配をかけてしまいましたな。申しわけない」

と、柳田は何度もくり返して、「じゃ、失礼します！」

と、頭を下げて、帰って行った。

「どうも……」

沢井伸代《のぶよ》は、玄関から少しの間柳田を見送って、「あらあら。大分酔ってらっしゃるわね。柳田さんにしちゃ珍しいわ」

と、笑った。

「おい、もう閉めとけ」

沢井和男《かずお》は不機嫌だった。「人を馬鹿にしてる！　全く！」

「あなた。そう怒っても……」

伸代は玄関から上って、「聡子が乗り遅れたんじゃ、仕方ないじゃありませんか」

「聡子があのスイミングスクールの顔なんだぞ。市長さんだって、聡子と並んで写真を撮るためにみえたんだ。それが『列車に乗り遅れました』じゃすまんぞ」

「だけど、連絡は入れたって――」

「分るもんか。連絡してりゃ、一人や二人はそれを聞いてる。そうだろ？　TV局も新聞も、聡子が笑顔で降りてくると思って待ってたんだ。それが――」

「お父さん」

と、初子が遮って、「お母さんに文句言ったって仕方ないでしょ」

「文句を言ってるわけじゃない」

「言ってるじゃないの」

「分った！」

父、沢井和男はプイと背を向けて二階へ行ってしまった。

「階段が壊れちゃう。あの勢いじゃ」

と、初子は言った。

「自分の思い通りにならないと、すぐすねちゃうからね、お父さんは」

と、仲代は大して気にも留めていない様子。

「初子、お風呂入れてくれる？」

と言ったが、初子がなぜかぼんやりと考え込んでいるのを見て、

「初子。――初子？」

「え？」

フッと我に返った様子で、「あ、お風呂ね。――うん、今、お湯入れるから」

「何をぼんやりしてたの？」

「お母さん。でも……列車に乗り遅れたのなら、うちへ電話の一本ぐらい入れてくるんじゃない、聡子？」

「もう、あんたまで……。柳田さんが嘘《うそ》ついてるとでも言うの？」

と、仲代はため息をついて、「聡子は、この後東京へ遊びに行くことになってたのよ。どうせ遅れたんだからって、このまま東京にいようと思ってもふしぎじゃないでしょ」

「うん……」

「暑いわね！　何ならシャワーを浴びるだけにする？」

「ちゃんとお湯入れるよ」

初子はお風呂場へ行って、湯舟の栓をすると、お湯を入れ始めた。

水音が一杯に響いているだけ、他のことに邪魔されずに考えごとができる。

——何だかおかしい。

初子は直感的にそう感じていた。

今二十歳の初子は、この市の女子短大に通っている。もちろん今は夏休みだが、もう来春は卒業なので、そう遊んでもいられない身である。

初子が「おかしい」と思うのは——。

いくら聡子が「気紛れ」でも、外国から帰って来たのに、一度もこの家へ帰って来ないわけがない。しかも一人で、東京に残ったなんて……。

それをいぶかしく思わない母、それに、父にしたところで、聡子のことを心配しているというよりは、自分が今日の〈帰国歓迎会〉で大きな顔をできなかったので腹を立てているだけだ。

「変だよね」

と、初子は呟《つぶや》いた。

母は柳田コーチのことを信じ切っている。しかし、初子はそうではなかった。

初子はもともと聡子より先に、あのスイミングクラブで泳いでいた。柳田のコーチの下、初子も一時はかなり有望視されていたことがある。

しかし、聡子が泳ぎ始めると、たちまち天分は誰の目にも明らかになって、柳田は初子を助手に任せて、自分は聡子にかかり切りになった。

初子はその時点で、泳ぐことへの意欲を失って、クラブをやめた。柳田は引き止めようともしなかった。

しかし、ともかく初子は何年間か、両親よりも長い時間を、柳田と過していたのだ。柳田が何を考えているのか、およそ察しがつく。

そして、今日の柳田は、何かをごまかそうとしていたのである。

何を？――当然、聡子のことだ。聡子が一緒に帰って来なかったのは、何かわけがあってのことなのだ。

もちろん、どんなわけなのか、までは分らないが……。

ふと、初子は思い付くと、急いで居間へ戻って、母が台所にいるのを確かめてから、電話をかけた。

「――はい」

と、少しおとなしめの声。

「のぞみちゃんね？　私、初子。沢井初子」

「あ、どうも……」

黒木のぞみのことも小さいころから知っている。

「今日はおめでとう。このところ、どんどん記録が良くなってるじゃない」

「あ……いえ、そんなこと……」

と、口ごもっている。

「ね、のぞみちゃん。一つ教えてほしいの。聡子のこと。――聡子が列車に乗り遅れたって柳田コーチは言ってたけど、本当はどうなの？」

のぞみは黙ってしまった。

「――ね、聡子のことは私が一番よく知ってるわ。柳田さんの話、信じられないの。

ね、あなただったら分るでしょ？」

「あの……よく知らないんです、私……」

「知らない、って……。同じ列車に乗ってて、どうして？」

初子は引っかけてみた。初めから、聡子は列車に乗っていなかった、というのが柳田の説明だったのだ。

「あの、私、よく分らないんです。席が離れてたんで……」

やはりそうか。聡子は同じ列車に乗っていたのだ。

「ごめんなさい。ちょっと急ぎの用が――」

と言って、のぞみは電話を切ってしまった。

初子は、どうしたものか、迷った。

柳田が嘘をついていること、それは確かだと思うのだが――。


「もしもし」

「おお何だ、のぞみか」

柳田はまだ少しもつれた舌で言った。

「あの――」

「今日はご苦労だったな。疲れたろう？　早く寝ろよ」

「はい……。あの……」

「明日のことか？」

と、柳田は笑って、「そうだな。俺も明日は起きられないかもしれん。明日の練習はなしってことにしよう」

「コーチ……。さっき、初子さんから電話があったんです」

「何だと？」

柳田の声が急に緊張する。「初子が何と言ってた？」

「あの……聡子さんのこと、本当はどうしたのか、って訊《き》かれました」

「お前、何と答えたんだ」

「ただ……分りません、って」

「それでいい。俺がちゃんと説明したんだ」

「でも、聡子さん、あのときの話を聞いてたんだと思うんですけど」

「起きてたっていうのか」

「たぶん……。それで、一つ手前の駅で降りたんじゃないかと思います」

「のぞみ」

と、柳田は厳しく言った。「列車の中で俺が言ったことをよく憶えとけ。来年はお前の年なんだ」

「コーチ……」

「何も考えるな。俺に任せとけ。いいな？」

「はい……」

「のぞみ。俺を信じろ。そして誰に何を訊かれても、話すんじゃないぞ」

と、柳田はくり返した。「それからな、万一、聡子がお前の所へ電話でもして来たら、どこにいるか、訊くんだ。分ったか？」

「はい」

と答えざるを得ない。

「なあ、のぞみ、そういうやさしくて思いやりのあるのがお前のいいところだ。俺もそれはよく知ってる。だけどな、勝負の世界はそんなもの通用しないんだ。分るか？」

「はい」

「どんなにやさしくて性格のいい選手でも、負けりゃ見向きもされない。要は勝つことなんだ」

柳田は、少しなだめるような口調になって、「いいな？　人のことは気にするな。聡子のことは俺に任せておけ」

「はい。でも……」

「本人が残った、ということにした方が、当人も傷つかなくてすむ。な、俺も色々考えてるんだ」

「――分りました。ただ、私たちのこと、恨んでないかな、と思って」

「そんなわけがないじゃないか。もしあのときの話を聞いてたとしても、恨む相手は俺で、お前じゃない。そうだろ?」

「ええ……」

「コーチはな、憎まれてもいい。もともとそういう役回りなんだ。仕事の内さ」

「はい」

のぞみも少し気持が軽くなったようで、「分りました、すみません」

「いや、知らせてくれて良かったんだ。何でも迷うことがあれば、俺の所へ言ってくるんだぞ」

「はい、そうします」

と、ハキハキした声で言って、「コーチ、おやすみなさい」

「ああ、おやすみ。疲れたろう。よく寝るんだぞ。ああいう大人の宴会はくたびれるからな。しかし、ああしてニコニコ笑って写真でも撮らせておけば、何かと予算を回してもらえる」

「はい」

「じゃ、明日の晩でも連絡するよ」

「分りました。おやすみなさい」

のぞみは、そう言って電話を切った。

——柳田は、すっかり酔いがさめてしまっていた。

初子が、おかしいと思っている。

それは予想できることだった。——あいつは頭の切れる子だ。

「楽しそうね」

妻の綾子《あやこ》がバスタオルを手にして、居間へ入ってくる。「お風呂、先に入る?」

「いや、少し酔いをさましてからにする。お前、先に入れ」

「じゃあ、そうするわ……」

綾子はボサボサの髪をクシャクシャにかき回しながら、浴室へ行く。大欠伸している気配が、後ろ姿でも分る。

綾子と柳田紀一は、同じ四十七歳である。

もともと体育の教師同士の結婚だった。綾子は妊娠したのにすぐに気付かず、仕事を続けていて流産。その後の具合が悪く、仕事を辞めた。

それからはブラブラと寝たり起きたりしている。柳田がスイミングクラブに移ったのも、体育教師の給料だけではどうしようもなかったからだ。

もちろん、そのこと自体は良かったと思っている。聡子と出会い、そして、コーチとしての柳田の名は一躍この世界で知られるようになった。

教師のころなら、足を踏み入れることなど考えもしなかった高級レストランやバーにも、東京へ出たときには必ずといっていいほど行った。もちろん、TV局や招待元の接待である。

人間、何が幸いするか分らないものだ。

しかし……。

浴室から水音が聞こえてくると、柳田は電話へ手を伸ばした。

「——もしもし」

と、低い女の声。

「今、大丈夫か?」

「待って」

と、女は言って、少し間が空いた。

「——大丈夫。今、台所よ」

声の響き方が変った。

「携帯電話ってのは、やっぱり便利だな」

と、柳田は言った。「明日は練習なしにしたんだ。午後、会えないか」

「でも……」

「予定ないんだろ？」

「特にないけど――」

「じゃ、いつもの所で。二時だ。いいな？」

「――分ったわ」

と、ため息まじりに、「じゃあ……」

「車で行く。それじゃ」

手短かに言って切る。それが「安全」というものだ……。

柳田は、居間のソファに引っくり返って、伸びをした。

すっかり太ってしまった綾子を抱く気になどなれない。――もっとも、柳田自身も妻のことを言えないくらい、太って来ていたが。

しかし、聡子の奴、どこへ行ったんだ？

柳田は腹を立てていた。言いわけにすっかり汗をかいてしまった。聡子のおかげだ！

隣りの駅で降りたとすれば、まあ、明日には帰ってくるだろう。バッグは置いたままだったのだから。

むろん、話が食い違うのを心配して、聡子のバッグは柳田が持って帰っていた。

あいつ……。厳しく処分してやる。甘やかせば、つけ上りやがって!

誰のおかげで有名になったと思ってるんだ!

柳田は思ってもいなかった。聡子も同じことを考えているのだとは……。

3 救助

叫び声が上ったとき、聡子はぼんやりと川面を眺めていた。

夜の河の流れは、ただ黒い水面から立ち上る「音」で見えるだけだ。町中を流れる河にしては、流れが速いようだった。

聡子は、お腹が空いたので、ハンバーガーを買って、川べりのベンチに腰をおろして食べた。

列車から飛び出したときには何も考えていなかったのだが、小銭入れがポケットに入っていて、何千円かのお金はあったので、とりあえずバスに乗ってこの町へやって来た。そしてハンバーガーとコーヒー。

あといくら残っているか。いくらあるにせよ、ホテル代まではない。夏の夜、このベンチで寝たっていい。蚊に刺されるのは覚悟しなくてはならないかもしれないが。

——正直なところ、聡子は今日の〈帰国歓迎会〉や、柳田コーチのことなど、ほとんど思い出しもしなかった。

一人、こうして自由でいる。そのことの前には、家族が心配しているかもしれないということさえ、大したことではなかった。

それに、柳田がどう説明したかは知らないが、父は腹を立てても、心配などしない人だし、母も悪い人じゃないのだが、すぐうわついてしまう。

たぶん、姉の初子だけが聡子のことを心配してくれているだろう。

柳田にしても、聡子が傷ついたとか、「練習練習」の毎日から解放されたいと願ったことなど、理解しないだろうし、努力もすまい。ただ、「顔を潰された」と怒っているだろう。

――長い付合いで、聡子には柳田の言いそうなことは見当がつく。

さて……。

この町からどこへ行こう？

東京へ出られるかしら？　むろん列車代は足りないが、乗ってしまえば、何とかなる。

ハンバーガーの包み紙をクシャと手の中で握りしめ、傍のくずかごへ投げる。

それがうまくスポッと入って、聡子はいい気分になった。こんなつまらないことでいい気分になるんだから、変だ。

聡子はおかしくて笑った。

そのとき——。

「誰か！」

と、女の声が上った。「助けて！——誰か！」

聡子は、びっくりして声のする方へ目をやった。

少し離れた所に橋がかかっていて、女が手すりにしがみつくようにして叫んでいるのが、街灯の光に浮んでいる。

「正敏《まさとし》！——正敏！」

女は川の方へ叫んでいるのだった。

川面へ目をやった聡子は、黒い川面にポカッと白いものが見えているのに気付いた。

あれは——人間だ！　子供らしい。

手が伸びて水をかこうとする。しかし、流れは速く、見る間にその子供は流されて、水へ沈んでしまいそうになる。

「正敏！」

女が、手すりを乗り越えようとしていた。

危い。あれでは二人とも溺《おぼ》れ死んでしまうだろう。

「やめて！」

と、聡子が叫ぶと、今にも飛び込もうとしていた女がギョッとしたように動きを止める。

聡子は、パッと靴を脱ぎ、はおっていた薄いジャンパーを脱ぎ捨てると、勢いをつけて、川へ向って飛んだ。

迷ったり考えたりする間がなかったのが、却《かえ》って良かったのかもしれない。川へ突っ込むと、水は意外に臭いもせず、きれいなようだった。だが流れは速く、しかも暗いから、一旦《いったん》相手が沈んでしまったら見付けられなくなる。

どうせ飛び込んだのだ。助けてやれ！

聡子は、力一杯水をかいて泳ぎ出した。

流れに乗って泳ぐのだから、自分でもびっくりするほどのスピードで、流されていく子供へとぐんぐん迫って行った。

聡子は、プールの時間に救助法を習っていた。

子供の頭が水の間に見え隠れする。

聡子は、大きく息を吸い込むと、水へ潜った。そして、浮かび上ると同時に、その子供の体を下から支えて水面の上に顔を押し上げた。

子供は暴れるでもしがみつくでもなく、もうぐったりしかかっている。

見たときに思ったほど小さな子供ではなさそうだ。しかし、聡子の鍛えられた足が水を大きくけり、腕は一方で子供の体をつかまえ、もう一方で水を力強く捉《とら》える。

流れを斜めに泳いでいくのは厄介だったが、何とかやれた。

川岸に鉄骨を組んだ場所があって、聡子はそこまで何とか泳ぎついた。

水の底へと打ち込んであるらしい鉄骨につかまると、子供の顔を上に向け、水を飲まないように支える。

「――正敏！」

と、足音と共に、頭上から女の声。

「ここですよ！」

と、聡子は叫んだ。「誰か呼んで来て！」

「まあ……。まあ、ありがとう！　待ってて下さいね！　すぐ――今すぐ――」

女はあわてて駆けて行った。

聡子は、鉄骨の横へ渡した板に片手をかけて息をついた。――こんなに必死で泳いだのは久しぶりのような気がする。

これこそ本当に「命がけ」だ。柳田も、年中、「命がけで泳げ」と言うが、泳ぐ方にしてみれば、一年に何度も「命がけ」で泳ぐなんてことはあり得ないのだ。もし、無理にやれば、故障が出る。

聡子は、川の水につかりながら、それでも結構こんな状況を楽しんでいた。

助けた子供が男の子で、なかなか可愛い顔立ちの子だということまで、ちゃんと見ていたのである。

人の声がして、やっと水から引張り上げられることになったのは、十五分近くたってからだった……。

ルルル……。

電話の音で、聡子は目を覚ました。

ハッとして――自分がまだ世界水泳選手権の旅の途中なのかと思った。

自分の寝ているのが、どう見てもホテルの一室だったからだ。

でも……。そうか。ゆうべ、誰かが溺れそうになったのを助けた。あれは現実だったのだろうか？

ああ、そう……。

確かに助けたのだ。ホテルの部屋のソファには、真新しい服がたたんで置かれている。あれは、助けた子供の母親が、聡子の服がびしょ濡《ぬ》れになったので、

「せめてものお礼」

と言って買い揃《そろ》えてくれたものである。

電話に出ると、

「恐れ入ります。フロントでございます」

と、女性の声で、「十二時がチェックアウトとなっておりますので、よろしくお願い申し上げます」

「はい……。今、何時ですか?」

「十一時五十分でございます」

「いけない! すぐ起きます!」

「いえ、どうぞごゆっくり」

——やれやれ。

こんなにぐっすり眠ってしまうなんて!

やはり外国から帰っての「時差ボケ」が残っているのかもしれない。

欠伸しながら起き出して、カーテンを開けると、パッと部屋の中が光で一杯になる。

また電話が鳴って、出てみると、

「あ、フロントの者でございます」

と、さっきの女性があわてた様子で、「大変失礼いたしました! あの——何時まででも、好きなだけお使い下さい」

「は?」

聡子が面食らって、「でも、チェックアウトが——」

「いえ、どうぞごゆっくりなさって下さい。特にそう申しつけられております」

あの婦人が手配してくれたのだろう。

「じゃ、あと一時間ぐらいして出ます」

と、聡子は言った。

のんびりできることになったので、お風呂へ入ることにした。

ゆうべものんびり入ったのだが、

「一回しか入らないんじゃ、もったいない！」

と思いたくなるほど、豪華なバスルームだったのである。

それにしても、あの人はどういう女性なのだろう？

安永《やすなが》……。そう、安永輝子《てるこ》といったか。

聡子の助けた男の子は安永正敏といって、十二歳ということだった。溺れかけたせいというだけでなく、青白くて、ひよわな感じの子だ。

あの川から引き上げられて、男の子は救急車ですぐ病院へ運ばれた。聡子も、と言われたが、断って、行ってしまおうとしたのだが――。

いくら夏といっても、ずぶ濡れのままで夜は明かせない。

安永輝子がこのホテルへ連れて来てくれ、後で、新しい服も届けてくれたのだった。子供の命を助けたのだ。この程度のことはしてもらってもいいか、と聡子は思った。

そして広いベッドでぐっすりと眠って……。

「ワッ！」

危うく、浴槽の中で居眠りして溺れるところだった！　カッコ悪い！

水泳選手がお風呂で溺死、じゃジョークにもならない。

――風呂を出て、バスローブをはおり、ベッドの所へ戻ると、ドアの下に何か差し込んであるのが見えた。

取り上げてみると、封筒だ。少し厚味がある。

開けてみると――列車の切符が出て来た。今日の夕方、ここを出る列車で、新幹線に乗り継いで東京まで行けるようになっている。

「やった！」

と、聡子は思わず口に出して言った。

封筒の中には、まだ何か入っている。逆さにしてみると、一万円札が数枚、ヒラヒラとベッドの上に落ちた。そして小さな便箋《びんせん》一枚。

流れるような筆跡の手紙は、あの安永輝子の手だろう。

〈昨夜は本当にありがとうございました。正敏は、おかげさまで無事退院いたしました。私どもは本日の昼ごろの列車で東京へ帰ります。昨夜、東京へおいでになりたい、と話していらしたので、お役に立てばと、切符を同封いたしました。東京へおいでに

安永輝子〉

なられたら、ぜひお訪ね下さい。

一万円札が三枚、そして安永輝子の家への案内図をメモした紙が一枚。

聡子は、しばらくベッドに座り込んでいた。

これだけのものが揃っていれば、東京へ行ける。そして、この家に泊めてもらえば、お金もかけずにすむ。

でも――そこまでしては図々しいというものだ。

東京へ行くのは、もともとそのつもりでいたのだから……。でも、黙って行ってしまっていいものか。

聡子は、東京行きが現実のものになると、初めて、家やスイミングクラブで、みんなが心配しているかもしれない、という気持になって来た。

来年は大学受験がある。体育学部に限れば、喜んで受け入れてくれるだろうが、それも気が重い。

聡子は、しばらく迷ってから、自宅へ電話を入れてみることにした。

何回もためらって、やっと家の番号を押す。

「――はい、沢井です」

「お姉ちゃん」

ンだよ、きっと」

と、初子は面白がっているかのようで、「なかなかやるじゃない。コーチ、カン

「うん、知ってる」

「あんたの気持、私には分るけどね。でも、一応帰って来たら？　今、どこ？」

「あのね——」

と、聡子が言いかけたとき、向うで、

「お母さん！」

と、姉の言うのが聞こえた。

「貸して！——もしもし！」

と、母、伸代が突き刺さるような声を出した。「聡子？　もしもし？」

「うん」

「何やってるの！　みんなに迷惑かけて！」

母のヒステリックな声は、聡子の中の「後ろめたさ」を吹き飛ばした。

「いいでしょ、たまには好きなようにしたって」

「何ですか、その言い方！　柳田さんがどんなに恥をかかれたか、分ってるの？　早く帰って来て、手をついて謝りなさい！」

聡子は、母が何も分ってくれていない、と知った。いや、聡子の気持など、分ろうともしないだろう。

「もしもし？　聞いてるの？」

「聞いてるよ。私、東京に行くからね」

「何ですって？」

「それじゃ」

「聡子！」

構わず切ってしまう。——構うもんか。一人で怒ってればいい。

ムシャクシャして、聡子はベッドにゴロリと横になった。

まだ夏休みは半月ある。——帰れば、すぐに練習だろう。

いやだ、いやだ。

聡子は泳ぐことが好きだった。だからこそ、いやなのに無理に泳ぎたくないのだ。

もちろん、そんなことを言えば、柳田はカンカンになって怒るだろうが——。

電話が鳴って、一瞬ギクリとした。母が、ここに聡子がいると知ってかけて来たのかと思ったのである。

出てみると、向うは何も言わない。

「——もしもし？　どなたですか」

と、聡子は言った。

いたずらかしら？

そう思って切ろうとしたとき、女の声が聞こえた。

「どうして助けたんですか」

「え？」

「きっと、あなたは悔みますよ、あの子を助けたことを」

「もしもし？——どなた？」

プッと電話は切れた。

どうして助けたんですか。

今の声はそう言った。——どういう意味だろう？

女の、暗く沈んだ声だった。

あの子を助けたことを悔みますよ……。

——そういえば、あの子はなぜ川に落ちたのだろう？

聡子は、初めてそれを考えた。

誤って、とは考えにくい。何といっても、あの橋は、ちゃんと高い手すりがついている。大人でも胸まで来る高さなのだから、あの正敏という子は、手すりから頭が出るかどうかだろう。

それでいて、母親がそばについていていながら、あの子供は落ちた……。

どうしてだろう？

聡子には分らなかった。

4　硬貨の運

ピーンと音がして、十円玉がクルクルと回転しながら飛ぶ。パッと手の甲に押えて、

「どっちだ」

「表」

「じゃ裏。――あ、負けた！」

間宮《まみや》しのぶは口を尖《とが》らして、「清美《きよみ》、ずるい！」

「何よ。しのぶが言い出したんでしょ、十円玉で決めようって」

「だって、これでもう三回続けて私だよ」

「分った分った。じゃ、今夜まではそれで行く。この次は私、その次はしのぶ。交互ね。それなら文句ないでしょ」

「うん！」

しのぶは、すぐ上機嫌になって、「じゃ、行こうか！」

と、さっさと歩き出す。

佐山《さやま》清美は、呆れて見ていたが、

「――現金なんだから、もう！」

「何か言った？」

と、しのぶが振り向く。

「別に」

清美は肩をすくめて、「今夜は早めに帰んなきゃいけないんだ。早くすませてね」

「私だって早い方がいいけど……。でも、相手次第じゃない」

「扱い方よ。しのぶ、要領悪いんだ」

「そりゃ、清美ほど男に慣れてないもん」

――佐山清美、間宮しのぶ。

二人は同じ高校の二年生。どっちも、十七歳である。

会話だけなら、この程度のことを話す十七歳は珍しくないかもしれない。

しかし、二人の場合はもっと現実的な会話である。

二人は、駅前の広場が見える所までやって来た。

「大丈夫かな」

と、しのぶが広場の様子をうかがう。

「今のところ、先生らしいの、いないよ」

「そう？　清美の勘を信じるか」

「外れたこと、ある？」

「ない」

しのぶはちょっと笑って、「じゃ、行くよ」

「うん。ちゃんと見てるから」

「カメラ、ある？」

「心配するなって」

清美は、バッグから小型カメラを取り出した。「ちゃんと明るい所で立ち止ってよ。いくら感度の高いフィルム使っても、真暗じゃ写らないんだからね」

「OK。それじゃ」

と、しのぶが行きかける。

「しのぶ！　バッジ！」

「あ、そうか」

しのぶが、ブラウスのえりについた学校のバッジを外して、バッグのポケットへ入れた。

清美は、しのぶが広場へと入って行くのを見ていた。

夏休みが始まったばかりで、夜になっても蒸し暑い。広場は恋人同士があちこちでベタベタくっついていて、見ているだけで暑苦しかった。

清美は、しのぶが噴水の周りに並ぶベンチに空きを見付けて腰をおろすのを見た。今日は週末の金曜日である。きっとカモが引っかかる。

清美は、チラッと腕時計を見た。——九時半だ。

家にはクラブの用事と言ってあり、実際、クラブで帰りが十一時過ぎることも珍しくないから、怪しまれることはないだろう。

きちんと家に帰り、ある程度の成績を取っていれば、親は大して心配しないものだと、清美は心得ていた。

「来た来た……」

勤め帰りの、少し酔っ払った感じの男がしのぶに話しかけるのを見て、バッグからカメラを取り出した。

しのぶの笑い声は甲高《かんだか》いので、清美の所まで聞こえてくる。——うまく行くかな。

だが、男は手を振ると、フラフラ歩き出した。

何だ、ひやかしか。——清美はがっかりした。

しかし、次の「客」までそう待つことはなかった。十分ほどして、一人の男がしのぶに話しかけて来たのである。

清美に背中を向けているので、よく分らないが、後ろ姿の感じでは、四十代か。少し疲れたように背中が丸くなっている。

「うまくやってよ……」

と、呟く内、しのぶが立ち上がって、男の腕に自分の腕を絡めた。

やった！　あの分なら、しのぶも自信があるのだろう。大丈夫だ。

しのぶとその男は広場から出て、駅前から少し外れた、ホテルの立ち並ぶ通りへと向う。

清美も行動を起した。近道を小走りに抜けて、ホテルとホテルの間の道とも言えないような隙間《すきま》をすり抜けていく。

充分に、しのぶたちの先回りができたはずだ。――よし、大丈夫。

ホテルの前の立て看板のかげに隠れて待っていると、ゆるい坂道を上って来るしのぶたちの姿が見えた。道は暗いので、男の顔はよく分らない。しかし、しのぶが楽しそうにしゃべっているのを見ると、そう妙な相手ではないのだろう。

清美はカメラを出して、レンズを一杯にズームさせた。といっても小型の全自動カメラだから大したことはないが、今はこういうカメラも充分に高性能である。

いつものホテルの前で足を止める。――清美はファインダーを覗《のぞ》き、シャッターボタンに指をかけた。

二人がホテルへ入りかける。

今だ、止れ！

しのぶが急に尻ごみする様子を見せて、道へ戻りかける。男の方が面食らって振り向いた。

入口の照明に、男の顔が照らされる。

清美はシャッターを押した。ストロボは発光しないようにしてある。二回、シャッターを押す。大丈夫だろう。

しのぶは、少しもじもじして見せて、またホテルへと入って行く。

――しのぶが楽しそうにしているわけだ。後ろ姿の感じより若い。そして、チラッとファインダーを通して見ただけだが、結構いい男である。もともと「おじさん」趣味のしのぶにしてみれば、「お付合い」して楽しそうな相手である。

でも、のんびり楽しんでないで、早く出て来てよ、しのぶ！

清美は、ホテル街を出ると、駅前広場に出た。後は、しのぶがうまく相手にシャワーを浴びさせ、その間にポケットから名刺を失敬して逃げてくる。

別にお金を盗《と》るわけじゃないから、犯罪ではない。

そして、写真がはっきり撮れていたら――ほとんど失敗はなかった――名刺の会社へ電話を入れ、写真を「買ってもらう」のだ。

あくまで売買で、脅迫じゃない、と清美は思っていた。そう高い値はつけない。せいぜい十万円くらい。女子高生と遊ぶのだって、五万も出す男がいるのだ。

そして、写真とネガを渡して、二度お金をせびることは決してしない。

清美としのぶは、あくまでその原則を守ってやって来た。――良心的、と言ったらおかしいかもしれないが。

清美もしのぶも、私立の名の通った女子高校に通って、特にこづかいに困っているわけでもない。

ただ、「ゆとりがほしい」だけなのだ。不意に友だちと食事して帰るとき、何かでプレゼントを買う必要があったとき、今のおこづかいではぎりぎりの遊びしかできない。

清美もしのぶも、タバコはやらず、マリファナにも縁がない。ことに、清美はクラスでも指折りの可愛い顔立ちをしていて、先生にも気に入られている。

危いことには手を出さない。――この原則を守って、まあ月に一度か二度、こうして「臨時収入」があれば充分なのだ。

「しのぶ……。遅いなあ」

相手をうまくバスルームへ押し込んじまえばこっちのものなのだが。

その点、しのぶは清美ほど頭の回転が速くない。手こずっているのかな。

そして、清美は何の気なしに、周囲をグルリと見回した。——まるで気付かなかった。

ほんの二、三メートルの所に近付くまで。

「あ……」

と、思わず言ってしまった。

目をそらす間もない。向うもピタリと足を止めた。

「清美——」

と、父が言った。

清美は、父の腕を取って、この暑いのにピッタリと寄り添っていた若い女性に、見憶えがあった。父の部下のＯＬである。

彼女の方は、急なことで何だかよく分らなかったらしい。

「お父さん」

と、清美が言うと、彼女がハッと父から離れる。

「お嬢様？」

「うん」

父は、何とも言えない顔をしていた。

当然のことながら、立ち直るのは清美の方が早い。

「今晩は。佐山清美です」

と、女に挨拶《あいさつ》していた。

「あ、あの……谷田《たにだ》ユカです。お父様にいつもお世話に――」

と、あわてて会釈すると、「それじゃ、私これで」

「うん、ご苦労さん」

と、父、佐山俊二《しゅんじ》はわざとらしく、「明日は外を回って出勤するからね」

「はい。失礼します」

谷田ユカは、足早に行ってしまった。

「お前……何してるんだ、こんな所で？」

清美は、父のように、「しまった！」という表情をもろに出すようなへまはしない。

「しのぶと待ち合わせなんだけど、もう三十分も来ないの。帰ろうかと思ってたとこ」

と、スラスラ言葉が出てくる。「一緒に帰る？」

「そうだな……」

父の笑顔は引きつっていた……。

マンションのインタホンを押すと、

「はい」

と、母、あゆ子の声がすぐに返って来た。

「ただいま。お父さんとそこで会っちゃった」

このマンションのインタホンは、TVカメラが付いているので、父の姿も見えているはずだ。

「あら、珍しい」

インターロックの戸がガラガラと開いた。

二人でエレベーターに乗ると、

「清美――」

「何も言わない」

と、清美は言った。「お母さんを泣かしちゃだめだよ」

「ああ。そんな仲じゃない。本当だ」

無理な言いわけだ。あの寄り添い方。そして二人が歩いて来た方角を辿《たど》れば、しのぶが入って行ったホテルの並ぶ通りである。

何もなくて散歩していた？　この暑さの中で。

でも、清美は皮肉を言うのはやめた。それに、今は父の浮気より、しのぶのことが心配である。

成り行きで父と帰って来てしまったが、しのぶはどうしただろう？

〈503〉の部屋へ入って、冷房の涼しさにホッとする。

「お帰りなさい」

と、母、あゆ子が顔を出して、「どこで会ったの？」

「うん、駅の近く。ね、お父さん？」

「ああ、そうなんだ。バッタリな」

駅の近く、というのは嘘じゃない。ただ、いつも降りる駅の近くじゃない、というだけだ。

「お母さん、しのぶから電話なかった？」

「間宮さん？　いいえ」

「そう……。じゃ、別にいいんだ」

清美は、自分の部屋へ戻ると、鞄《かばん》から携帯電話を出し、机の上の充電機にのせた。

しのぶ、大丈夫だったろうか？　駅前へ戻って、清美がいないので困っているかもしれない。

しのぶは「携帯」を持っていないので、かけてやることができない。親が、「必要ない」と言って、買ってくれないのだそうで、しのぶは、こっそり買う方法はないかと研究している。

着替えていると、ドアを開けて父が顔を出した。

「お父さん！　着替えを覗かないで」

「何だ、子供のくせに」

と、渋い顔で、それでも細く開けたドアの外へ顔を戻して、「――清美。確かに、父さんと谷田君とは……ああいうことなんだ。だけど遊びだった。分ってくれ。向うも子供じゃない。お互い、『遊び』と割り切ってるんだ」

清美はおかしくて笑い出しそうになるのを必死でこらえた。

父は、母にばれるのが怖くて説明しているのではない。清美が、父の浮気にショックを受けているだろうと思って、そっちを心配しているのだった。

でも、そう思ってるのなら、思っといてもらおう。

「今はどう考えていいか分らないの」

と、清美はわざと背中を向けたまま言った。「一人にして」

「うん……。そうだろうな。すまん。いや、彼女のせいじゃない。悪いのはお父さんなんだ。――すまん」

「もういいよ」

と、清美は言って、父がドアを閉めると、声を立てずに笑った。

ちょうど携帯電話が鳴り出し、急いで出る。

「——もしもし、清美?」

「しのぶ!　大丈夫だった?　ごめんね」

「ああ……。いいの、別に。ちゃんと帰ってるのね」

「もちろん!　それがさ、しのぶのこと待ってる間に、お父さんに会っちゃって……」

事情を説明したが、なぜかしのぶは上《うわ》の空という様子で、

「ごめんね。また電話する」

と言って、さっさと切ってしまった。

「——何、今の?」

清美は呆気《あっけ》に取られた。

十七歳ともなれば、人はめったなことでは「いつもと違う」ことをしないものだ。しのぶがあんな風に電話を切ってしまうのは、全くしのぶらしくないことである。

そして、「らしくない」ことには必ず原因がある……。

やっぱり、今夜の男との間に何かあったのだろうか。

清美はバッグから男としのぶを撮ったカメラを取り出して、フィルムを巻き戻した。

裏ぶたを開け、中のフィルムを取り出す。

あとは、これを焼付けてもらって、しのぶの持っている名刺があれば……。

「しのぶ、名刺を持って来たのかな」

と、清美は思わず呟いたのだった……。

5　変身

「清美。——清美」

と、揺さぶられて、びっくりして起き上ると、母のあゆ子が少し緊張した面持ちで覗《のぞ》き込んでいる。

「どうしたの?」

真夜中だということは、気配で分る。

「間宮さんのお母様から電話」

「しのぶの?」

「しのぶちゃん、まだ帰ってないんですって」

その母のひと言で、清美は目が覚めた。

急いでベッドを出て、居間の電話へ駆けつける。時計を見ると、午前二時を回っていた。

「——もしもし、清美です」

「しのぶの母です」

声が震えている。「ごめんなさい、こんな遅くに……」

「しのぶ、帰ってないんですか？」

「今夜、お会いになった？」

「ええ。でも、九時半ごろ別れて……。真直ぐ帰ったとばっかり……」

「夜中まで待ってたんですけど、結局、電話もなくて……。何か心当り、ありません？」

すがるような母親の声は、清美の胸を刺した。しかし、何もかも打ち明けるというわけにはいかないのだ。

「何も……ありません」

と言わざるを得なかった。

「そう……。ごめんなさい。お騒がせして」

「いえ……。何か連絡あったら、すぐ知らせます」

「お願いします」

——清美は、そっと受話器を戻すと、

「どうしたんだろう」

と、母の方を見ながら言った。

「心配ね」

あゆ子も、しかしそれ以上のことは言えない。

——清美は、部屋へ戻って、ベッドに腰をおろしたまま、しばらくぼんやりしていた。

しのぶが携帯電話へかけて来たのは、外からだったのだ。でも、なぜ？　何かあったのだ。

清美は認めたくなかった。自分がリーダーシップをとって、あの「副業」をしていたから、そのせいでしのぶの身に何かあったら、責任を感じないわけにいかない。

といって、どこを捜せばいいか分らないし……。

いつまで考えていても仕方ない。ベッドへ入ろうとしたとき、机の上で携帯電話が鳴り出し、清美は飛びつくように取った。

「もしもし！　しのぶ？——もしもし？」

すすり泣くような声。そして、途切れ途切れに、

「清美……怖い……」

「しのぶ！——どこにいるの？　今、どこにいるの？　私が行くから。ね。すぐ駆けつけるから」

「だめよ！」

と、叫ぶように、「清美にだって……見せられない……」

「何言ってるの！　友だちでしょ。魔法でカエルにされたって平気よ。どこにいる？　教えて」

清美のたたみ込むような言い方は、しのぶの気持をいくらか動かしたらしい。

「あの……ホテルなの、まだ」

「あそこ？　何だ！──部屋に一人？」

「──うん」

「じゃ、すぐ行く。待ってるのよ！」

「清美……」

「泣かないの。いい子だから！　すぐ飛んでくからね」

電話を切って、清美は急いでパジャマを脱ぎ捨てるとジーパンに替えた。

「──清美」

母が話し声を聞いたのだろう、ドアを開けて、清美が外出の仕度をしているのを見て、「しのぶちゃんから？」

違うとも言えない。さすがに清美も迷ったが、

「私に、一人で来てくれって」

「一人で？　でも、しのぶちゃんのお母様が──」

「分るけど、私に一人で来てくれって言ってるんだもの」

と、清美は言った。「ね、見付けたら連絡するから」

「そんなこと――」

「待ってて！」

清美は、携帯電話をつかんで、部屋を飛び出した。


これで良かったのかしら。

――清美は考えていた。

タクシーで、あのホテルに向いながら、迷っていた。

本当なら、しのぶの家へ連絡して、両親にも駆けつけてもらうべきだろう。しかし、あのホテルにいると知れたら、どうしてそんなことになったか、話さざるを得なくなる。

清美にも、その結果は及んでくる。

正直なところ、清美だって処分されたくはない。

もし、しのぶをホテルからうまく連れ帰れたら、何とか他の話をでっち上げることも不可能ではない。それでしのぶも助かるのだ……。

「――あ、そこでいいです」

清美は、駅前のあの広場のそばでタクシーを降りた。さすがにホテルの前につけるのはためらわれた。

小走りにホテルへ向う。

蒸し暑い夜で、本当なら一番涼しい時刻なのだろうが、一向に気温の下る気配はなかった。

ホテルへ入るときには汗をかいていた。

フロントの人に、しのぶのことを訊《き》いてみる。

むろん、どの部屋の客も名前など言っていないので、どこにしのぶがいるか分らないのだが。

「何かあったらしいの。お願い！　調べて下さい！」

と、清美は頼み込んだ。

二時間、というので入って、後で「泊る」と言って来た部屋が一つあるという。他の部屋は、初めから「一泊」で入っている。

「そこだと思います。開けて下さい」

フロントの係の男はためらっていたが、

「警察沙汰《ざた》はいやだよ」

と、ブツブツ言いつつ、出て来た。

エレベーターで二階へ上って、廊下へ出る。

「キャーッ！」

と、叫び声が上った。

びっくりして清美が駆けていくと、部屋係のおばさんらしいエプロンをつけた女性が尻もちをついている。

「しのぶ！」

と、清美が呼びかけたのは、見憶えのある服装の後ろ姿だった。

だが、しのぶはそのまま、廊下の突き当りの非常口から出て行ってしまったのである。

「しのぶ！」

清美は、急いで後を追った。

非常口から出ると、外付けの非常階段で、しのぶは地上へ下りると走り去った。

「待って！　私よ！」

清美は夢中で追いかけた。

しかし、夜中でもあり、もともとややこしい道だ。一旦《いったん》見失ってしまうと、とても見付けられない。

清美は汗を拭《ふ》きながら、ホテルの玄関から入った。

二階へ上ってみると、まだ部屋係のおばさんは尻もちをついたまま、真青な顔をしている。

「――どうしたんですか？」

と、清美が訊くと、

「あんた……あの女を知ってるの？」

「ええ……。クラスメイトですけど」

「クラスメイト？　そんなわけないでしょ！」

と、腹立たしげに言った。

「どうしてです？」

「あの女、あんな若い子みたいな格好して、顔はしわくちゃだったわ」

「まさか」

「本当よ！　だから仰天《ぎょうてん》したんじゃないの」

と、やっと起き上って、「怖かった！」

「じゃあ、別の人なんだわ」

「髪の毛も半分以上白くって、薄気味悪かったわよ」

では、今のはしのぶではなかったのだ。

それなら、しのぶはどこへ行ったんだろう？

部屋のドアが開いて、フロントの男がバッグを持って出て来た。

「これが置いてあった。あんたの友だちのか？」

「そうです！」

清美は、そのバッグを受け取って中を見た。

「じゃ、持って帰ってくれ。妙なことに係り合いたくない」

「中にいませんか」

「じゃ、勝手に見なよ」

と促されて、清美はその部屋へと入って行った。

もちろん、探すといっても大した広さではない。

しのぶがいないことはもちろん、バッグ以外は何も残っていなかった。

「――男の人がいつ出たか、分りません？」

と、清美はフロントの男に訊いた。

「さあね。そういう出入りが目に付かないってのが、こういうホテルだからね」

確かに、男の言う通りだ。

しのぶでない女？　しかし、後ろ姿ではあるが、清美の見た限りではあの女の着ていたのは、しのぶの服のようだった。

だが――「しわくちゃ」の顔で、「髪が白く」て……。それがしのぶであるわけもない。

では一体何があったんだろう？

「——さ、早く出てくれ」

と、フロントの男にせかされる。「後がつかえてるんだ。おい！　急いでシーツ交換してくれ」

「はいはい」

部屋係のおばさんがこわごわ入って来て、それでも、ベッドを手早く直し始める。

清美は、バスルームを覗いた。

下が濡《ぬ》れている。シャワーからは水滴が落ちていた。

洗面台を見て清美は、ふとこびりついた髪の毛を一本つまみ上げた。

長い髪の毛で、ちょうど半分くらいが真白になり、残りは真黒でつやがある。この毛の感じ。しのぶの髪のようだ、と思った。

「おい、出てくれよ！」

と怒鳴られて、清美はあわててその髪の毛を自分のポケットへ入れた。

「お邪魔しました」

と、わざとていねいに言ってやり、ホテルを出る。

しかし、バッグだけ見付かっても、どうしようもない。

「そうだ。――名刺」

相手の男の名刺を抜いていただろうか？

バッグの中を探ると、名刺が一枚出て来た。――これかな？

〈倉田朋保《くらたともやす》〉とある。勤め先は〈Y財団〉とだけあって、詳しいことは何も出ていない。しかし、一応電話番号があるから、連絡はできるだろう。

ただ問題は、この男のことやホテルからしのぶが逃げ出したことを、しのぶの両親にどう話すか、ということだ。

もちろん、しのぶの身の安全を考えれば、学校の処分など気にしてはいられない。清美もその覚悟はしていた。

広場まで出ると、清美は足を止めた。

「キャーッ！」

と、女の子が悲鳴を上げる。

パッと広場の一隅が明るくなった。

「火をつけたのよ！　自分で火をつけたのよ！」

と、ヒステリックになった女の子が叫び、連れの男の子は女の子を放っておいて逃げ出してしまった。

燃えていた。広場の一隅で、炎の塊が、ゆっくりと崩れるところだった。

あれは――人間だ！

清美は公衆電話へと駆け出して行った。

ドアが開いた。

しのぶの両親が、よろけるように出てくる。

廊下の長椅子《ながいす》に座っていた清美と父、佐山俊二は、立ち上って、しかし、しのぶの両親に話しかける気にはなれなかった。

「どうも……。わざわざ」

と、しのぶの父親が震える声で言った。

「いえ……」

佐山も、何と言っていいか分らずにいる。

「――どうでしたか」

と、清美が訊く。

「見たところでは分らんのでね。――ひどく焼けてしまって……」

「ガソリンをかぶって、自分で火を点《つ》けたんですって！　何てことを……。可哀そうに……」

と、母親が泣き出す。

「今、歯医者の先生に確認していただく手続きをね」

「そうですか……」

「着ていた物も、焼けてしまっているが、あの子の物らしい気はする。アクセサリー類や。――ともかく、私たちは少しでも希望がある限り、諦《あきら》めませんよ」

「はい……」

清美は、おずおずとしのぶのバッグを差し出した。「これ……。しのぶさんのものだと思います」

「ああ……」

父親が受け取って、「わざわざどうも」

と、礼を言った。

「でも、あの子がどうしてそんな所に？　信じられないわ！」

と、母親が涙をハンカチで拭《ぬぐ》って、「清美さん。話してちょうだい。何か知ってるんでしょ？」

「あの……」

と、清美も口ごもる。

「今、こんな所ではやめよう」

と、父親が妻を抑えて、「しのぶにも、自分の生活があったんだ」

「あなた――」

「ともかく、連絡を待とうじゃないか」

しのぶの父親は妻の肩を抱いて、先に帰って行った。

――佐山は、

「俺たちも帰るか」

と言った。

「うん……」

「人違いだといいけどな」

「うん」

――父の運転する車で家へ向う。

夏の朝はすっかり明けて、もう日射しも厳しくなりつつあった。

「お父さん」

と、清美は言った。

「うん？」

「学校に呼び出されるかもしれないよ」

「そうか。――ま、一回ぐらいそんなことでもないと、毎日が退屈だ」

と言って、佐山は笑った。

清美は、父の言葉が嬉《うれ》しかった。

——もしあれがしのぶだったら。

一体どう考えればいいのだろう？

あの名刺の〈倉田朋保〉という名と、フィルムにうつっているはずの顔。——清美は、いずれにしてもこのままですませるつもりはなかった。

「お父さん。お腹空いた。どこかで軽く食事しない？」

と、清美は言った。

「俺もだ」

佐山はホッとした様子で、「その先に二十四時間のレストランがある。そこにするか？」

「うん」

車は車線を移して、スピードを落とした。

6　プラン

「東京なんて、どこがいいの？」

新幹線のホームに降り立って、初子が最初に洩《も》らした感想である。

ホームの照り返しと、列車の冷房の排気の入り混った熱気が襲いかかってくる。

この暑さ！　初子は、早くも東京へやって来たことを後悔し始めていた。

とはいえ、まさかこのままUターンして帰るというわけにもいかない。

スーツケースを手に、ともかくホームから下りようと歩き出した。

「失礼」

と、男が呼び止めて、「沢井聡子さんのお姉さん？」

初子はほとんど反射的に、

「そんな名前じゃありません」

と、言い返していた。「沢井初子という名前があります」

「ああ、こりゃ失礼」

と、その男は微笑《ほほえ》んだ。

この暑いのに、背広上下、ネクタイまでしめて、結構涼しげな顔をしている。

「いいえ」

と、初子もちょっと後悔して、「こっちこそ失礼しました」

「僕は倉田といいます。〈Y財団〉の仕事をしています。お手紙を差し上げたのは、僕です」

「聡子じゃないんですか？」

と、初子は面食らって訊いた。

「ああ、もちろん妹さんのお気持です。ただ、実際に書くのが面倒だとおっしゃったので、僕が代りに書いたのです」

「聡子ったら……。すみません。いつ、どこへ行っても、ハガキ一枚よこさないんですから、あの子」

「まあ、色々遊ぶのにお忙しいでしょう。何しろ有名人ですからね」

倉田は、さりげなく初子のスーツケースをサッと持って、「さあ、車が待っています。行きましょう」

「あ、私、自分で——」

「まさか、女性に持たせて、手ぶらで歩くわけにいきませんよ。さ、ホームは暑い。早く避難しましょう」

「やっぱり暑いんですか」

と、階段を下りながら、「少しも暑そうに見えないんですもの」

「暑いですとも。これで自分の部屋へ帰るとパンツ一つで寝転って、寝冷えしています」

初子は、真面目くさった顔の倉田という男の言い方がおかしくて笑い出した。倉田も嬉しそうに笑い、

「笑う元気があれば大丈夫です」

「ディスコやカラオケに行くのに充分なエネルギーがある、ということですよ」

「大丈夫って？」

初子は呆《あき》れて、

「私、そんなことしに来たんじゃありませんけど」

と言ったが、「暑い」とは言いながら、倉田は初子もあわてるほどの足どりでどんどん駅の通路を進んで行く。

見失わないように、必死で追いかけなくてはならなかった。

駅の構内は、ホームよりずっとましで、外へ出ても、さっきのようなムッとする不快感はなかった。

「――さ、この車です」

と言われて仰天する。

映画の中でしかお目にかかれない――それも、ヤクザの親分が乗っているような――ロングボディのリムジンが停っていたのである。

「これに乗るんですか」

「ええ、僕は前に乗っています。ゆっくり寛《くつろ》いで下さい」

「はあ……」

白手袋の運転手がドアを開けてくれて、初子は乗り込んだ。

「待ってたよ」

中では聡子がニコニコ笑って脚を組んでいる。

「聡子……」

「そうびっくりしないでよ」

と、聡子は笑って、「私たち二人だけよ。のんびりして」

向い合せの座席。運転席とは仕切られていて、TVや飲物をおさめたキャビネットがある。

車が滑るように動き出した。

「――ね、気持いいでしょ」

と、聡子が言った。「うちのオンボロ車とは大違い」

しかし、初子がびっくりしていたのは車のせいではない。車にも驚いたが、それよりも妹の別人のような姿に唖然《あぜん》としたのである。

「そうジロジロ見ないでよ」

と、聡子は短く切った髪に手をやって、「――おかしい?」

「美容院、行ったの」

と、初子は当り前のことを言うばかりだった。

「お父さんもお母さんも、怒ってるだろうね」

「怒る、っていうか……。まあ、分るでしょ？」

「うん、見当はつく」

と、聡子は肯《うなず》いて、「でも、私だって、世間の高校生並みに、楽しい夏休みがほしいんだ」

「分ってる」

しかし、見たこともないブランド物のワンピースに身を包んだ聡子は、どう見ても「世間並みの高校生」とは言えなかった。

しかも、爪にはマニキュア、化粧も薄くではあるがしていて、耳には銀色のピアスが揺れている。

「ピアスしてるの？　穴、開けたの？」

「うん。簡単だよ。お姉ちゃんもやったら？」

聡子は、キャビネットを開けて、「何か飲む？　コーラ？」

冷蔵庫になっているのだ。

「喉《のど》、かわいたな。じゃ、コーラ」

と、初子は言った。

――聡子が勝手に東京へ出てから、もう一週間たっていた。

町では、柳田コーチの下で、来年のオリンピックを目指した練習が始まっている。その選手たちの中に聡子の姿がないことは、町の人の噂《うわさ》に上っていた。

初子は、母から言われて、

「一日でも早く帰って、練習に参加するように」

言いに来たのである。

聡子はグラスにコーラを注《つ》いで、二人で飲みながら、

「――分ってるよ」

と言った。「早く練習に出ろ、でしょ」

「まあね」

初子はコーラをほぼ一気に半分近く飲んで息をついた。「――コーチが頭に来てるって」

「頭に来てるのは、こっちよ」

「どうして？」

聡子は、列車の中で柳田が聡子以外の子を集めて話したことを説明した。

「――だから、もう柳田は全然私のことなんか期待してないの。私はマスコミ向けの看板なのよ」

聡子の口調に怒りが感じられないことに、むしろ初子は胸を痛めた。

普通の高校生なら、カッとなって食ってかかるか、泣くか――。

しかし聡子はさめている。十五歳のときの栄光から三年。聡子は、「人は信じられなくて当り前」という人生哲学を身につけたのだ。

初子は、そんな妹の気持を思って胸を痛めると同時に、自分が心の隅で考えていることに気付く。

それでもあんたはいいじゃないの。少なくともピークを、一度は味わったんだもの。

「沢井聡子さんのお姉さん」

と呼びかけられて、反射的に、

「そんな名前じゃない」

と言い返していたのを思い出していた。

とっくの昔に、そんな屈折した思いはのり越えたと思っていたのに……。

単なる「条件反射」なのか。それとも、まだ無意識の世界に、妹への屈折したものを抱えているのだろうか……。

何度、町中で、パーティの席で、駅のホームで、

「沢井聡子さんのお姉さん」

と呼ばれたことか。

その言葉は、度重なるにつれ、次第に初子の胸に刃物のように突き刺さった……。

「──何考えてるの？」

と、聡子に訊かれて、

「別に」

と、初子は首を振った。「お父さんやお母さんにどう説明するかと思ってさ」

「放っとけばいいよ。どう思うかなんて、こっちが心配しても仕方ないじゃない」

聡子はみごとに割り切っている。

「それより、聡子、どうしてこんな車に乗ってるわけ？」

「そうそう！　その話をしてあげるね！」

聡子が身をのり出したところへ、

「──そろそろ、昼食の場所です」

と、倉田の声が聞こえた。

「あ！　そうだ。お姉ちゃんも着替えて！」

「え？　こんな車の中で？　大体、スーツケース、トランクだよ」

「違うの！　そこの座席の下から箱を出して。──そう、それ。開けてみて」

初子は、薄い水色のワンピースが入っているのを見て、

「これ……」

「お姉ちゃんに用意しといたの。さ、早く着替えて！」

「でも——」

「早くしないと、着いちゃうよ！」

と、聡子にせかされ、初子はわけも分らないまま、車の中で衣裳替えをするはめになったのだった……。

広々としたホテルのロビーには、明るい光が溢《あふ》れていた。

大理石の床に、天窓から射し込む真夏の日射しが反射して白く光っている。

「——さあ、奥のレストランへ」

と、倉田が先に立って案内する。

「倉田様」

フロントの男が呼んだ。

「僕か？」

「お電話が入っております」

倉田は、ちょっといぶかしげに眉《まゆ》を寄せたが、聡子と初子に、

「少しお待ちを」

と言って、フロントの電話を取った。「——もしもし、お待たせしました。倉田です。——もしもし？」

電話はプツッと切れた。

「どうなさいました?」

「切れたよ。――名前を言ったかい?」

「いえ。若い女の方のようでしたが」

「そうか……。ありがとう」

倉田は、いつもの笑顔に戻って、「お待たせして。さ、こっちです」

と、二人を案内して行った。

――ロビーの隅の電話ボックスから出ると、佐山清美は、

「あれが倉田ね」

と、呟《つぶや》いた。

写真の顔も一応は見分けられたが、明るい所でもっとはっきり見たかったのだ。

清美は、あまり人のいないラウンジへ入って、紅茶を頼んだ。

軽く息をついて、明るい戸外の庭園を眺める。

九月の新学期まで、あと一週間と少ししかない。清美自身、学校にいられるかどうか、分らなかった。

あの焼身自殺した死体が、間宮しのぶのものに間違いないと確認され、清美は二人でやっていた「副業」のことを、両親に打ち明けたのだった。

警察の捜査は、あくまで「自殺」に対するもので、清美に関して特に取調べもなかった。

だが、両親と共に学校へ呼び出され、当然のことながら渋い顔の校長や教頭から厳重な注意を受けた。

最終的な処分は、夏休みが終ってから、と言われたが、学校側も事件が公になるのを心配している。

生徒の自殺、そして恐喝まがいのこづかい稼ぎ。

たぶん、このまま事件はもみ消されてしまうだろう、と清美は思っていた。

けれども、あのときの男——写真と名刺は、隠し通した。そして、ホテルの部屋係のおばさんの言ったことも……。

何があったのか分らないが、しのぶは「殺された」のだ。自殺するのに、あんな方法を選んだのは、「自分の姿を見られたくない」からではなかったのか。

「しのぶ……」

紅茶をゆっくりと飲みながら、清美が呟いた。「ごめんね……」

もしあのとき、十円玉で決めていなかったら、反対側を選んでいたら、死んでいるのは清美の方だったかもしれないのだ。

——しかし、倉田という男、何者なのだろう?

考えていると、ラウンジに男が二人入って来た。いや、一人は男みたいな格好をしているが、女だ。

大きな四角い鞄《かばん》をかかえている。

「じゃ、そのコーナーで」

「うん、図面を広げるからな」

「倉田さんには？」

「ああ、連絡してある。もうみえるだろう」

——清美は、耳をそばだてた。

倉田？　あの倉田だろうか。

何か仕事の打ち合せがあれば、ここで会うことになるのは自然だ。

そして、実際に、倉田がラウンジへ入って来たとき、清美はカップを持つ手が震えた……。

「——倉田さん、どうも」

と、男の方が言った。

「やあ。いいプランがあったかね」

と、倉田は二人のテーブルに加わった。

清美は、倉田を斜め後ろにしている格好なので、顔を見られずにすむのは幸いだった。

話を聞いていることを悟られないように、バッグから手帳を取り出して開く。

「――こちらは、プランナーの江上《えがみ》さんです。若いけど、なかなかセンスのいい人です」

「江上ゆかりと申します」

と、その女性が名刺を倉田へ渡す。

「どうも。――あ、ちょっと名刺を忘れてね」

バッグの中に、倉田の名刺が一枚入っているのだ。清美は、それを持って行って、

「ここにあります」

とでも言ってやりたい気分だった。

偶然のいたずらに、やや興奮している。

「今回のパーティのプランですが」

と、江上ゆかりという女性がテーブルに図面を広げる。「――ご自宅でのパーティとうかがっておりますが」

「そうそう。安永様は外へあまり出られないんだ。誕生日のパーティも、屋敷の中で、ということだが、敷地が六百坪ある。充分だろ？」

と、倉田が笑う。

「それはもう……。お庭が主な会場となりますでしょうか」

「いや、屋敷の中に、安永様はおられると思うね。庭は来客の息抜きに出られるようにしておいてほしいが、メインは屋敷内だ」

「かしこまりました。では……恐れ入りますが、お屋敷の中を一度拝見させていただいてよろしいでしょうか」

「そうだね。当然見たいだろう。たぶん……一階部分は案内してあげられると思う。ただし――」

倉田は急に厳しい口調になって、「屋敷内の様子など、決して口外しないこと。約束できるかな?」

「はい、もちろんです」

「もし、一言でも誰かに洩らしたら、君は二度とこの業界で働けなくなる。よく憶えといてくれ」

「はい」

――聞いていた清美が、一瞬ゾッとするような口調だった。

表面の穏やかな倉田の、本当の顔が一瞬覗いたようだった……。

「基本的なプランですが、会場の広さによって三つ考えてみました……」

江上ゆかりはプロらしく、むだのない調子で話を続けた。

話は一時間余りも続いただろうか。

「――臨時の人手が必要だと思います」

と、江上ゆかりが言った。「どういたしましょうか？　人材派遣の会社からでも？」

「いや、料理を出したりするのは、このホテルで人を用意するからいい。それより、女の子を集めてくれ」

と、倉田は言った。

「女の子、ですか」

「といっても、ホステスをやらせるわけじゃないよ。ただ、来客がどうしても年輩客中心になる。雰囲気を明るくするためにも、若い女の子を大勢集めてくれ」

「若い、といいますと……。いくつぐらいの子を考えておいでですか」

「そうだな……。十六から十八」

「高校生ですね。――もちろん、集めることは難しくありませんけど、何か基準は？　こういうことができるとか……」

「いや、雰囲気作りだ。何もしないで食べていてもいい。可愛い子を二、三十人、集めてくれ」

「かしこまりました」

と、江上ゆかりはメモを取った。

可愛い子を二、三十人。

倉田がそう言うのを聞いていると、清美はゾッとするものを覚えた。

「——倉田さん」

と、ラウンジに誰かが入って来た。

少女——十七、八の女の子である。

清美はチラッと振り向いて見て、「どこかで見たことがある」という気がした。

「ああ、もう昼食はすみましたか」

「ええ。今、みんなこっちへ出て来ます」

「すみません。すぐ参ります」

と、倉田は言って、江上ゆかりの方へ、「それじゃ、屋敷へ来る日を決めておこう」

と、手帳を出した。

「今の方……」

江上ゆかりが、あの少女を見送って、「沢井聡子じゃありません？　あの水泳の」

そうか。清美も、やっと思い出した。

「そうだよ。今、安永様のお客でね」

と、倉田は言って、「これも内緒だ。いいね？」

「はい。では早い方がいいと思いますので、明日にでも伺いたいのですが」

「結構。――ここへ連絡してくれ」

倉田は、メモを江上ゆかりに渡し、立ち上った。「じゃ、僕はこれで」

「はい。――あの、もう一つ。打ち合せのためですが、会の名称は、〈安永正敏様のお誕生日会〉とかでよろしいでしょうか」

「〈バースディパーティ〉にしよう。何しろ、まだ今度で十三歳なんだから」

「かしこまりました」

倉田が足早にラウンジを出て行く。

――十三歳? 十三歳のバースデイパーティを、そんなに大がかりにやるなんて!

清美は、立ち上ってラウンジを出ると、あの江上ゆかりという女が出てくるのを待っていた。

男が先に帰り、少し遅れて江上ゆかりが出てくる。

「あの――」

と、清美が声をかけた。

「私?」

「はい。今、そこのラウンジで、隣の席にいたんですけど」

と、清美は言った。「そのアルバイト、私を使ってもらえませんか」

可愛い子、二、三十人。——清美は、選んでもらえるという自信があった。

「高校生？」

「十七歳です」

「いいわね」

江上ゆかりは微笑んで、名刺を出した。「急いで集めなきゃいけないの。もし、心当りがあれば他にも紹介して」

やった！

清美は、名刺を受け取って、

「お電話します」

「今夜、一度かけて。夜中、遅い方がいいわ。午前二時ごろなら、いると思う。それじゃ」

江上ゆかりは足早に行ってしまった。

清美は、安永正敏って何者だろう、と思った。

そして、沢井聡子がなぜその子の所にいるのだろう。

清美はバッグに名刺をしまうと、目的を持つ者のきびきびした足どりで、ホテルのロビーを横切って行った。

7　誘惑

「ご苦労さん」

と、柳田は声をかけた。

「ありがとうございました」

力強い声がプールサイドに響く。

柳田は、プールの奥のオフィスに入ると、約束した電話をかけた。

「——ああ、柳田だけど。——うん、忙しいよ、もちろん！」

「ちょっと耳にしたんですが——」

「沢井聡子のことか？」

言われる前に、まくし立てるように、「あの子は少し休ませてるんだ。やはりこの三年間のプレッシャーに疲れてるんだな。今は、黒木のぞみがチームを引張ってる。あの子は伸びるよ」

「実は、四日後にN新聞のパーティがありましてね。あそこの社長が沢井聡子の大ファンなんです。一緒に出ていただけないかと……」

「聡子と？」

「ええ。どうでしょうね」

——少しの間、柳田は考えて、

「どうだろう。黒木のぞみも一緒に連れて行っていいかな。あの子も、少しそういう場に慣れさせておきたい」

「もちろん構いませんよ。沢井聡子さえ連れて来て下されば」

相手は水着メーカーの営業マンだ。

柳田は東京へ出ると、よくあちこち飲みに連れて行かせていた。

「それと、帰りにちょっと箱根に寄りたい。二、三日だけど」

「いいですよ。ホテルを取りましょう」

「頼む。それじゃ、詳しいことを知らせてくれ」

「ファックスを入れます。よろしく」

電話を切ると、オフィスのドアが開いて、黒木のぞみが水着姿にタオルを肩にかけただけで入って来た。

「どうした」

「来週の金曜日の練習のことで」

と、のぞみは言った。「うちで法事があるんです。夕方にはすみますけど」

「ああ、分った。当日は一般練習だし、取材もない」

と、肯く。

「コーチ……。聡子さんのこと、分りましたか」

と、のぞみは柳田のそばへ来て言った。

「大丈夫さ。元気なんだ。初子が今、会いに行ってる。その内、何か言ってくるさ」

「そうですか……」

「それより、東京のパーティに一緒に行こう」

「一緒に？」

「二人で、どうだ？」

「――いいんですか？」

「もちろんだ。今はお前がリーダーなんだからな」

「はい」

のぞみが目を輝かせて、「行きます！」

「よし」

柳田は立ち上って、「みんな、帰ったか」

「はい」

柳田がのぞみを抱き寄せる。湿った水着が冷たかったが、のぞみは構わず柳田に抱きついた。

「コーチ……」

と、のぞみは息を弾ませた。

「お前は可愛い」

「聡子さんより？」

「よせ。——あいつは、俺の言うことなんか聞かん」

「聡子さんを抱いたことは？」

「ない」

「本当？」

「ああ」

柳田はのぞみにキスして、「東京からの帰りに箱根に寄る。口実は何とでもつく」

「嬉《うれ》しい」

のぞみは、チラッとドアの方を見ると、急いでロックしに行った。

「おい、大丈夫か？」

と、柳田は言った。「濡れた体で、風邪ひくぞ」

「じゃ、温めて」

のぞみは水着の肩紐《かたひも》を外した。

——二十分ほどの時間が、たちまち二人の周りを過ぎて行った。

「——さあ、もう帰らんと、お宅で心配するぞ」

と、柳田はソファから起き上って言った。

「はい。——楽しかった！」

のぞみの笑顔は屈託がない。

柳田は、のぞみが水着を着るのを待って、

「行こう」

と、ドアを開けた。

目の前に、沢井伸代が立っていた。

「——やあ、どうも」

と、柳田が言った。

「初子から電話で……聡子と会った、と言って来ました」

伸代の声は震えていた。

「お先に失礼します」

のぞみが、わきを駆け抜けていく。

「——東京へ行って、パーティに出なきゃならん」

柳田は目をそらして、「聡子と連絡がとれるかね」

「さあ……」

「何とかとってくれ。頼むよ」

「あなたは……あなたは……」

仲代が泣きながら、その場にうずくまってしまう。

「立ってくれ。――誰か来たら困る」

「あの子とは平気なの？」

「あれは……」

「分ってるんです」

仲代はよろけながら立ち上ると、「そりゃ、みんな若くて元気な子たちですものね」

「妬《や》かないでくれ。俺はそういうのが嫌いなんだ」

柳田は冷たく言うと、「もう出てくれ。鍵《かぎ》をかける」

「ええ……」

仲代は、大きく息をついて、「女の方が馬鹿なのよね」

「そうは言ってない。あんたも夫がいるんだし――」

「だから何なの？」

仲代は柳田をにらんで、「あなたのオモチャにはならないわよ！」

と言い捨てると、足早に立ち去った。

水と消毒液の匂《にお》いの立ちこめる中、プールの小さな波が、ピタピタと音をたてていた……。

たった五つの違いですものね……。

そう言って、あの女性は笑った。あの女性——安永輝子は。

一緒に昼食をとりながら、聡子も笑っていた。しかし、初子は笑わなかった。

表面上は笑って見せたかもしれない。自分でもよく憶えていないのだが、少なくとも笑える気分ではなかった。

「——聡子」

と、初子は言った。「聡子、起きてる?」

少し間があって、

「なあに?」

と、寝ぼけた返事があった。

本当に、もう!——広すぎて、話しするにも不便で仕方ない。

初子はベッドから出て、隣の、もう一つのベッドルームへ入って行った。

「大きなベッドね」

と、初子は呆れ顔で、「プールで寝てるみたいだ」

ホテルのスイートルームに、聡子と初子は泊っていた。もちろん、安永輝子がとってくれているのである。

二つのベッドルームがあり、初子が寝ているのは、ツインのベッド。それでも一つがセミダブルの大きさ。

聡子が今、風呂上りでひっくり返って眠りかけているのは、キングサイズのダブルベッドで、大人三人が充分寝られる。

いくら聡子の発育が良くても、手足一杯に広げたって到底ベッドの端まで届かない。

「TV見てて、眠ってたんでしょ」

初子は、聡子の手からリモコンを取ると、点《つ》けっ放しだったTVを消した。

「ああ、気持いい！　ね、お姉ちゃん！」

「うん。でもね、ここはうちじゃないのよ。それに、このホテル代は、私たちのお金でもないの」

聡子は、頭を振って起き上ると、

「何が言いたいわけ？」

「いつまでもこんなことしてられないってこと。ね、私と一緒に、明日にでも帰ろう」

「いやだ！」

と、聡子は口を尖《とが》らして、「お姉ちゃん、帰りたければ帰りなよ」

「聡子……。あんた、高校生なのよ。水泳はともかく、学校の宿題だってあるでしょう。夏休みはあと十日間よ。もう帰らなくちゃ」

聡子も、いくらかは分っているようで、姉の言葉にプイとわきを向いてしまった。

「それに……。聡子、確かに安永さんは私たちによくして下さってるけど、あんたには決していいことじゃないわ」

と、初子はベッドの端に腰をおろして言った。

「――どうして？　ピアスの穴、開けたから？」

「それもあるけど、それだけじゃない」

「美容院に行ったから？　ブランド物の服、着てるから？　馬鹿みたい！　東京の高校生なら、みんなしてるよ。どうして私が同じことしちゃいけないわけ？」

まくし立てるように言い返してくる口調に、却《かえ》って、聡子自身、後ろめたい思いをしているのが知れる。

初子はため息をついた。両親から、「早く連れて帰って来い」と言われてやって来たのだ。こんなホテルでのんびり遊んでいられる身分ではない。

「聡子。――分ってるでしょ、あんただって、自分がどんなことしてるか。あの正敏って子を助けたのは偉いと思うよ。でも、そのお礼にしても、やりすぎじゃないの？」

聡子はちょっと笑って、

「お姉ちゃん、まさか本気にしてんじゃないよね。あのお母さんの言ったこと」

「『五つしか違わない』ってこと？」

「そうよ。正敏君は今度十三。私、十八。――五つ違いなら、『お嫁さんになっていただいてもいいわね』ですって！　あのお母さん、変な人よね」

「あの人、結構本気だったよ」

と、初子は言った。「確かにお金持なんでしょ。でも、少しおかしいよ。そう思わない？」

聡子は天井を見上げて、

「十三歳の花婿か。でも、凄《すご》い金持だよ。ね、好き勝手して暮せる」

「聡子。あんた、東京へ来てから何キロ太った？　やせるのは大変だけど、太るのなんてすぐよ。泳ぎ、どうするの。――コーチがどう言ってたって、無視してりゃいいのよ。泳ぐのが好きなんでしょ？」

「だからって、したいことを何もかも我慢しなきゃなんないの？」

「そんなこと言ってないわ。泳ぐことまでやめちゃったら、もったいないでしょって言っているの。コーチのせいで、あんたは才能があるのよ。私は挫折《ざせつ》したけど」

「――お姉ちゃん」

「うん？」

「私だって、泳ぐことは好きだよ。でも、それだけじゃすまないのよ。柳田コーチだけじゃない。県の水泳連盟だって、高校の校長先生だって、何かといえば私のこと引張り出して！　この前なんか、水泳連盟の会長の娘さんの結婚式にまで出たのよ、私。会ったこともない人の結婚式でスピーチさせられた。私、自分が何なのか、と思った。パンダか、それとも芸でもするお猿さんか。――みんな、私を珍しい犬みたいに連れてって、『ほらこれが金メダルの沢井聡子だよ』って自慢する。いやになるわよ」

「分るよ。分るから言ってるの。そんなことで自分をだめにしちゃいけないわ。――あんたが練習に参加しないで、東京で遊んでるってことも、まだマスコミに洩れてないけど、その内知れたら何て書かれる？」

「勝手に書けばいいのよ。知ったこっちゃないわ」

聡子は、クルッと姉へ背を向けてしまった。

「聡子……」

「正敏君のお誕生日のパーティがあるわ。それまでは東京にいる」

と、背を向けたまま、「お姉ちゃん、帰ったら？」

――言ってもむだだ。

初子は立ち上って、

「じゃ、またゆっくり相談しようね」

と言った。「——おやすみ」

「おやすみ」

「早く寝るのよ」

初子はそう言って、自分のベッドルームへ戻った。

ベッドへ入ったものの、昼の食卓でのあの母子のことが思い出されて寝つけない。

しかし、安永輝子は、年齢のよく分らないふしぎな女性だった。

いや、十三歳という正敏の母にしては、どう見ても六十近い、老けた印象がある。

五十と言われれば、そうか、とも思うが、化粧が濃いので、特にそう思うのかもしれない。

正敏も、奇妙な少年である。

青白く、ほとんど日射しに当ったことがないのかと思えるくらい。

聡子が、溺《おぼ》れかかった正敏を助けたことを、あの輝子という母親はくどいほど感謝して、

「これをご縁に、ぜひこの子と仲良くしてやって下さいね」

と言った。

そして、言ったのである。

「聡子さんみたいなお嫁さんが来て下さると、いいわね」

と……。

正敏は、十三歳にしては体が細くて弱そうだが、同時に大人びた雰囲気のある少年だった。

それはまあ、珍しいことではない。病弱だと、読書や人の話ばかりで、頭でっかちな子供になることがある。

初子がむしろ気になっているのは、あの倉田という秘書だ。

むろん、ビジネスマンらしい行動力やインテリジェンスを感じさせるが、同時にどこか冷ややかなもの、安永輝子とは違う意味で、風変りなところを感じさせる。

それでも、ごく一般的な話題をテーブルに持ち出したりして、食卓を気まずいものにしなかったことには、初子も感心した。

そういう見方をする初子自身、少し変った二十歳かもしれない。

それはやはりこの三年間、妹をめぐって、大人にもみくちゃにされた経験のせいだったろう。

もう一つは——初子はうぬぼれだったろうか、と思うのだが、食事の間、輝子が聡子と話を交わしていたりすると、倉田の目がいつの間にか初子を見ていた。そんなことが、何度もあったのである。

まさか。——私なんか美人でもない。聡子のように可愛くもない。二十歳になるというのに、男の子にもてたとか、ラブレターをもらったこともない。ボーイフレンドの一人もいなくて……。

考えすぎだ。

もうやめよう。明日、もう一度聡子と冷静に話し合って、どうするか決めよう……。

初子は目を閉じた。たぶん——十分か十五分の間に、眠りについていた。

そして……。

どれくらいたったか。

ふと目を覚ますと、初子は反射的に時計を見た。

サイドテーブルのデジタル時計が、〈3・55〉と表示している。午前四時。もうじき朝だ。

どうしてこんな時間に目が覚めたのだろう、と思っていると、

「それじゃ……」

と、小声で囁《ささや》くのが聞こえた。

「おやすみなさい」

聡子の声だ。

「よく寝るんだよ」

「うん」

「楽しかった?」

「凄く」

——倉田の声だ。

初子は、倉田が「ディスコやカラオケに」と言っていたことを思い出した。

こんな時間に、聡子を連れ出しているのだ。

——初子はカッとして、よほど飛び出して行ってやろうかと思った。

しかし、考えてみれば聡子は高校生で、しかも遊ぶことをほとんど許されずにやって来たのだ。

夜遊びに誘われて、断れと言うのが酷かもしれない。

「——じゃ、おやすみ」

倉田が言った。「お姉さんの方は大丈夫かな?」

「お姉ちゃんは一日寝たら起きない」

「そうか。明日は一緒に連れて行ったら?」

「きっと行かないって言うよ」

「ものはためしだ」

と、倉田は言って、「じゃ、明日昼過ぎにね」

「はい……」

——倉田は帰って行ったらしい。

初子は、しばらくベッドから出なかった。それから、静かにベッドを滑り出ると、聡子の方のベッドルームをそっと覗いてみた。

聡子は、あの広いベッドの上で、ミニのワンピースを半分脱いだままの格好で眠っていた。

「もう……」

呆れた初子は、よほど放っておこうかと思ったが、風邪でもひくと困る。ワンピースを脱がし、毛布を体の下から引張って外すと、肩までかけてやった。

聡子はぐっすり眠り込んで、目を覚ます気配は全くない。よっぽどくたびれているのだろう。

何もかも明日だ。

初子は自分のベッドへ戻ろうとして、ふと気付くと、このスイートルームのドアへと急ぎ、〈ドント・ディスターブ〉の札を外へかけ、ドアを閉め、ロックしておいて、ていねいにチェーンをかけた。

やっと安心して、初子は自分のベッドへと戻って行ったのである。

8　背信

「あの……お客様です」

と、スイミングクラブの若い女子事務員がやって来て、「コーチ」

「少し待て」

柳田は顔をしかめた。

インタビューの最中だった。この地方ではかなり部数の出ている雑誌だ。

カメラマンがシャッターを切ろうとするのを、

「あ、ちょっと」

と止めて、「誰だ、客って？」

「沢井さんです。あの——お父様の方です」

来たか。

このインタビューの席へ出させてはならない。沢井の妻とのスキャンダルを書かれでもしたら、大変なことになる。

「分った。オフィスの方へ通しておいてくれないか」

「はい」

と、事務員が行ってしまうと、

「沢井さんというと、沢井聡子ちゃんの……」

と、雑誌のインタビューを担当している女性が言った。

「ああ、そうなんです。熱心なお父さんでしてね」

「聡子ちゃんといえば、このところ姿が見えないという噂《うわさ》を耳にしましたけど」

「今、充電中なんですよ」

都合のいい言葉を思い付いて、柳田は言った。「何なら、父親のコメントもほしいですか？」

「ええ、ぜひ！」

「じゃ、少し待って下さい」

柳田は、プールサイドの椅子《いす》から立ち上った。

「練習風景を少し撮らせていただいていいでしょうか」

と、カメラマンが訊《き》く。

「どうぞ。ただ、気が散るので、フラッシュはやめて下さい」

「分りました」

——柳田には勝算があった。

平然としていろ。何も感じない方が勝ちなのだ。

オフィスのドアを開け、

「やあ、お待たせして」

と、柳田はいつも通りの口調で、「聡子君と、連絡は取れましたか」

沢井和男は、落ちつかない様子で椅子にかけていた。

「初子が東京で会ったそうですが……」

「なら大丈夫。初子君はしっかりしている」

柳田はデスクの奥の椅子にかけて、「どうせ、東京に出なきゃならんのです。聡子君も、向うにいた方がいい」

「それは——」

「N新聞主催のパーティに呼ばれているんです。社長が聡子君のファンだそうで。ぜひ同行してくれと言われているんです」

「そうですか……」

「どうでしょう？　ご一緒しませんか。東京へ出て、聡子君と直接話した方が、ここで苛々《いらいら》しているよりいいんじゃありませんか」

沢井和男は、思ってもみない話の成り行きに、すっかり戸惑っている様子だった。

柳田には分っている。

沢井の妻、伸代が、柳田との関係をぶちまけたのだ。——沢井としては、面子《メンツ》というものがある。

しかし、柳田と決定的なケンカになることは避けたいのだ。

大丈夫。単純な男だ。

「――旅費も宿泊費も、N新聞の方で出しますよ。構わんでしょう？」

と、念を押す。

「まあ、それは……」

「良かった！　いや、困ってたんですよ。黒木のぞみを連れて行くんですが、生徒といっても十六歳の女の子だ。僕と二人では、気詰まりですからね。沢井さんが同行して下さると、こっちも気が楽です」

「柳田さん」

と、沢井が座り直して、「今日うかがったのは――」

「分っています。奥さんとのことですね」

柳田がアッサリと言ったので、沢井は面食らっている。

「ねえ、沢井さん。それは事実です。しかし、僕の方から誘ったんじゃない。奥さんに泣かれて、それを慰めていたんです」

「泣いたんですか、仲代が」

「ええ。あなたが隣町のバーのホステスに入れこんでいると言ってね」

沢井が真赤になった。

「――いや、むろん、言い逃れするつもりはありません。罪といえば罪ですからね。殴るのなら、どうぞ」

沢井は目をそらした。柳田は立ち上って、

「殴るなら、一つ取材をすませてからにしてくれませんか。何ごとかと思われる」

と言うと、「ご一緒にどうぞ。逃げないように、そばにいた方がいいですよ」

沢井は、わけがわからない様子で柳田について行った。

雑誌のインタビュアーとカメラマンが、プールサイドで待っていた。

「お待たせして」

と、柳田が言った。「沢井聡子君のお父さんです」

「まあ、どうも！　お目にかかれて光栄です」

名刺をもらって、沢井は当惑している。

「どうも……」

「聡子ちゃんのことで、ちょっとお話をうかがいたいんですが。ほんの十分くらいで結構ですので」

「はあ」

沢井は椅子にかけて、もう何十回も訊かれた同じ質問に答え始めた。

「金メダリストを娘に持って、どんな気持でいらっしゃいます?」

カメラのシャッターの音。

沢井が、すっかり上機嫌になって、ペラペラしゃべり始めるのを聞いて、柳田は背中を向けておいてニヤリと笑った。

「コーチ! みんな揃《そろ》いました」

のぞみが駆けて来た。

「よし。今日はターンの練習」

「はい!」

柳田はプールサイドに立って、腕を組んだ……。


「――もしもし、お父さん?」

初子はホテルの部屋から電話していた。「私、初子よ。聡子のことなんだけど、すぐに連れて帰るのは難しいかも――。え?」

「いいんだ。俺もそっちへ行く」

と、父が言った。「お前、そっちで待ってろ」

「待ってろって……」

「N新聞の大きなパーティで、聡子にぜひ出てくれと言われてる。俺と柳田コーチが行くから、聡子にそう言っといてくれ。明日行くから」

「――そう。分ったわ」

「聡子がどこかへ行っちまわないように気を付けとけよ」

「東京にずっといたくらいだもん。動きゃしないわよ」

「そうか。じゃ、また連絡する」

「何時の列車――。もしもし?」

切れてしまった。

父の声は少し酔っていた。昼間から。

柳田に誘われたのだろう。大方のところは見当がつく。

あんな父を見ていると、情けないようでさえある。

父親の代からの酒屋を、コンビニに変えて、そこそこ暮しているが、今は聡子のことに夢中で、店は放ったらかし。

それでも、〈沢井聡子のコンビニ〉として雑誌や新聞にのったせいで、客はちゃんと入っている。

それにしても……。

柳田が来るのは、接待目当てだろう。

初子は、部屋へ運ばれて来た朝食に手をつけた。

聡子はまだぐっすりと眠っている。

初子は、コーヒーとパンだけの朝食をすませると、少し迷っていたが、電話のそばのメモ用紙をちぎって、

〈聡子へ。一人で出歩いてくる。夕ご飯の時間までには帰るわ。初子〉

と走り書きすると、テーブルのコーヒーポットで押さえた。

外は暑そうだ。初子は、持って来たワンピースを出して、着ることにした。

安永輝子が買ってくれるブランド物に比べれば、「田舎くさい」かもしれないが、気どったところで仕方ない。

初子は、〈Y財団〉の倉田の名刺をバッグへ入れると、チラッと聡子の様子を覗《のぞ》いてから、出かけた。

ホテルのロビーへ降りてから、倉田へ電話すると、

「まだ出社しておりません」

という返事。

「沢井といいますが……」

「沢井様ですか。では、倉田の携帯電話へおかけいただけますか」

「はい」

急いでメモを取り、礼を言って切る。

倉田はすぐに出た。

「あの……初子です」

「やあ、早いですね」

「もう朝ですよ」

と、初子は言った。「お話があるんです」

「僕に？　それはありがたい」

「あの――」

「僕は、正敏さんのパーティのことで、午前中、安永家にいます。ここへ、来てくれませんか」

「そちらへ、ですか……」

「分りにくいことはないですよ」

安永輝子とも会った方がいいかもしれない、と初子は思った。

「じゃ、これからうかがってもいいでしょうか」

「もちろん、歓迎しますよ」

場所を聞いてメモすると、初子は電話を切った。

そして、ホテルから出ると、その暑さに一瞬ムッとする。

思わず、〈タクシー乗場〉という矢印を見てそっちへ歩きかけている自分に気付き、ハッとする。

暑さが何だろう。夢中で泳いでいたあのころは、却《かえ》って暑いのが好きな子供だったじゃないの。

そうだ。ちゃんと場所を聞いたのだから、電車で行こう。とりあえず、駅へはどうやって出るのか、初子はホテルのベルキャプテンの机へと歩いて行き、道順を訊こうとした。

「ああ、駅ですか。それでしたら、駅とこのホテルの間にシャトルバスが走っておりますので、そちらをご利用下さい」

「あの——でも、歩いて行けないんですか?」

「十分ほどですが」

「じゃ、歩きます。どう行けば——」

「いえ、バスが来るまで十分ほど……。あ、今来たのがそうです!」

教えてくれそうもない。初子は、仕方なくそのバスに乗った。

確かに、十分ほどでバスは数人の客を乗せて発車。——クーラーが効いていて、寒いくらいだった。

が、駅までの所要時間、わずか五分!

どう見ても、歩いたって十五分はかからないだろうという距離だった。

電車、バスを乗り継いで、初子は結局四十分ほどで安永邸に着いた。聡子はもう来たことがあるらしいが、唖然《あぜん》とするような広さである。

外から見ても、その塀の長さで、敷地の大きさが分る。中の建物は、ほんのわずか、屋根の天辺《てっぺん》が覗くだけだ。

どこから入ったものか迷ったが、塀に沿って一回りするだけでも大変そうで、正面の門のインタホンを押してみた。

ジーッと音がして、見上げるとTVカメラが首を振っている。

「——初子君、いらっしゃい」

と、倉田の声がした。「さ、入って」

ガラガラと正面の鉄格子の門扉が横へ滑って開く。

「こんなに横幅ありませんよ」

と、独り言を言いながら初子は中へ入った……。

「じゃあ……先に行くよ」

佐山はぐずぐずしている。

「行っていいわよ」

と、谷田ユカはベッドに寝転って言った。「早く行けば？」

「な、ユカ……。分ってくれ。俺は――」

「お嬢さんの気持を大事にしたいのね。よく分ったから」

「すまん……。自分勝手だとは思うが」

「本当に勝手ね」

と言って、谷田ユカは笑った。

佐山はホッとした様子で、

「何しろ、うちの娘も、この辺で友だちが一人死んでるからな」

「知ってるわ。焼身自殺ですってね」

と言ってから、ユカは、「まさか娘さんのお友だちにも手をつけたわけじゃないわよね？」

「やめてくれよ」

と、佐山は少しむきになって言った。

「あーあ」

と、ベッドでユカは伸びをすると、「私、今日はお休み取ろうかな」

「そうか。それなら電話があったとでも言っとくよ」

「いいわ。後で決めて、自分で連絡する。早く行かないと、携帯へかかってくるわよ」

「ああ。──それじゃ」

佐山は、鞄《かばん》を手にして、「じゃ……」

とくり返して出て行った。

──谷田ユカはため息をついて天井を見上げた。

今日は外を回って出社というので、「朝の内から」と笑ってしまいそうだが、ホテルへ来た。

しかし、佐山の方は、この間、娘と出会ってしまったのがよほど応えたらしい。あわただしくユカを抱いたものの、本当は別れ話をするつもりだったらしい。それぐらいのことは、佐山の様子から見当がつくというものだ。

だから、わざと自分の方でペラペラおしゃべりしてやった。佐山は結局切り出せずに、もう出社しなくてはいけない時間になったのである。

「いくじなし」

と、一人になってからなじってみても始まらない。

ユカだって、この関係がいつ終るか、覚悟はしている。むしろはっきり言ってもらった方が諦《あきら》められるのに。

ユカは──佐山が思っているほど、ドライに割り切れているわけじゃない。少々頼りないのは確かでも、佐山は、大分前に若死にしたユカの父に似たところがあり、どっちかといえばユカが積極的に誘ったのだ。

でも、しつこくつきまとって、会社に居づらくなることは避けたい。

ユカは、たぶん今日が最後になるだろうと察していた……。

佐山の方は、「娘の気持を思うと……」とか、遠回しにしか言わなかったが。きっと、ユカの方から、

「別れましょうか」

と言ってやればホッとするのだ。

でも、誰が——。

「誰が言ってやるもんですか」

と、ユカは言って、起き上った。

何だかムシャクシャする。——やっぱり、朝からこんなことはやるもんじゃないのかしら?

シャワーを浴びて、ユカは出る仕度をした。

さて、忘れ物は——と見回すと、

「あの人ったら……」

見憶えのある札入れ。落としてったんだ! あわてん坊なんだから、本当に!

今ごろ青くなっているだろう。

「仕方ない。持ってってやるか」

遊びに出ようかと思ったが、やはり会社へ行くことになっているようだ。

札入れを覗いてみると、カード入れの所から、パラリと写真が一枚落ちた。

「私の……」

ユカの写真だ。それも入社して間もなくのころ、屋上で制服姿で撮ったもの。——

何だか学生くささが抜けてなくて、今見ると気恥ずかしい。

あの人、どこでこんな写真を手に入れたんだろう？

しかも、持って歩いてるなんて、危いことを！

ユカは、ちょっと胸が熱くなった。

別れたくない、と思った。あの人を困らせるつもりはないけれど、無理を言わないようにして続けていくことは、まだできるんじゃないのかしら……。

未練がましいと思ったが、その写真を元の通りに札入れにしまって、ユカはそっとそれを胸に抱いた。

と、ドアをノックする音。

戻って来た！　これを忘れたことに気が付いたんだわ。

ユカは大股《おおまた》に歩いて行って、ドアを開けた。

「忘れ物でしょ！」

だが、そこに立っていたのは、佐山ではなかった。

ユカは――一種幸せな気分が消えていないままに、もう佐山と別れようか、と悩むこともなくなった。

ユカの体から力が抜け、札入れは床へ落ちた。その上に降り注いだ血は、札入れの中のユカの写真をも、赤く染め上げて行ったのだ……。

9 赤い液体

どこか、様子がおかしい。

――初子はその屋敷へ入ってまず、そう感じた。

豪華な英国風の、やや重苦しい建築で、それ自体、初子など映画の中ぐらいでしかお目にかかったことがないものだ。

しかし、その屋敷へ足を踏み入れて、初子はまず「様子がおかしい」と感じたのだ。普通なら、その広さだけにでも、しばらく目を丸くしているだろうが。

「――ああ、待たせて失礼」

広い居間に、倉田が入って来た。

「こんにちは」

と、初子は会釈して、「妹はまだ眠っています。ゆうべ遅くにどこかへ出かけたようで」

「若いんだから、多少の夜遊びは仕方ないんじゃないかな」

と、倉田はソファに腰をおろした。

何だか妙だ。――この屋敷へ入ったときの、「空間がねじれてでもいるような」奇妙な感覚と違って、倉田が妙に見えるのは、はっきり理由があった。

いつも隙《すき》のないスーツ姿で決めている倉田が（といっても、そう何度も会っているわけではないが、あの東京駅の暑いホームでさえ、パリッとしていた）、なぜかネクタイが緩んでいるし、髪も少し乱れて、だらしのない感じになっていたのである。

これが、倉田の本当の姿なのだろうか。

「――倉田さん」

と、初子は切り出した。「父とコーチの柳田という人が上京して来ます」

「ああ、それはいい。歓迎しますよ」

「いえ、そういう意味じゃないのです」

と、あわてて首を振る。「本当はすぐにでも聡子を連れて帰りたいのですが、父たちを待っていなければなりません。あのホテルに泊って、そちらのご好意に甘えているわけに行きません。私たち、もっと小さな部屋へ移って、宿泊費は自分で持ちたいのです」

「そんなことを気にしてるんですか?」

と、倉田はちょっと笑って、「この屋敷を見ても分るでしょう」

「もちろん、あれぐらいの出費がこちらにとっては何でもないということは分ります。でも、そういう問題じゃないんです」

「いや、気持はよく分りますよ。しかし、これは正敏さんの命を救っていただいたことへのお礼ですからね。輝子様にとっては、たった一人のお子様です。感謝の気持を表わすのは当然のことでしょう」

倉田の淀《よど》みない口調はいつもの通りだった。

「妹も私も、とても普通なら味わえないぜいたくをさせていただきました。それにはお礼を申し上げます。でも、それが特別のことだというのを、妹は忘れかけています」

「まあ、珍しい遊びには、一旦《いったん》は熱中するものですよ。そうすれば飽きる」

「でも、妹は高校生です。学校の勉強もあります。夏休みも、じき終りますし、泳ぐことにも戻らなくては……」

「つまり、どうしろと?」

「いいえ、もう充分に色々していただきましたから、私たちに構わないでほしいんです。

特に——夜中に妹を連れ出さないで下さい」

倉田は、ふしぎな視線でじっと初子を見つめていた。

初子は、そんなに近くにいるわけでもないのに、倉田の目が間近からこっちを覗き込んでいるような気がした。

初子はパッと立ち上って、

「もう失礼します」

と言った。

「そう急がなくても。——どうせ、お父さんがみえるのを待つのなら、正敏さんの誕生日のパーティに出てから帰って下さい。正敏さんも楽しみになさっておいでだ」

「それは……」

それまで拒むのは、これだけ世話になっておいて、申しわけないという気がした。

「戻って、妹とも相談します。ただ、夜遅くに妹を連れて歩くのだけはやめて下さい。もう、あの子を、いつもの生活のペースに戻してやらなきゃいけないんです」

「承知しました」

倉田は微笑《ほほえ》んで、「しかし、あなたはまるで母親のようですね」

母か。——初子は薄々感付いている。母と柳田との仲を。

はっきりと知っているわけではないが、母が、

「聡子のことで、電話が多いから」

と言って、携帯電話を買うのを見て、おかしいと思った。

大体、そう家を空けてもいない母に、そんな物は必要ない。

柳田のことをすぐにかばう母を見ていると、初子はつい想像し、そしてゾッとする。

充分にあり得ることだからこそ、ゾッとするのである。

「――どうです」

居間を出て、倉田が言った。「この屋敷の中を見ませんか」

「え？」

「いや、もちろん誕生日のパーティもここでやりますが、そのときは人も大勢いて、案内してあげられません。温室なんか、なかなかのもんですよ」

初子も、さすがに好奇心を刺激された。こんな大邸宅の中を見て歩くなんてことは、まず二度とあるまい。

何といっても、初子も二十歳の娘である。

「それじゃ……。ご迷惑でなければ」

「迷惑なんて、とんでもない！　さ、こっちへ」

倉田は先に立って廊下を歩いていく。

「――ここが応接間。ま、大したことはないけど」

と、ドアを開ける。

「中国風？」

「西洋の古城や宮殿には、たいてい〈中国の間〉がある。それを真似してね」

家具や衝立《ついたて》が、中国の風景である。

きっと一つ一つが相当な品物に違いない。

「うちのＬＤＫより広い」

と、初子は言って自分で笑い、「比べる方が間違いですよね」

倉田は、次のドアを開けて、

「ここは図書室――」

と言いかけ、「まだいたのか」

初子は、壁一杯の書架に本がズラリと並んだ、その部屋を覗き込んで、ソファから女性が立ち上るのを見た。

「――今、帰るところです」

と、その女性は落ちつかない様子で言った。

テーブルの上に、大きな図面が広げてある。

「今度のパーティの企画を担当している、江上ゆかりさん。――沢井初子さん。聡子さんのお姉さん……。おっと、こう言っちゃいけなかった」

倉田の笑いはわざとらしかった。

江上ゆかりは、三十歳くらいだろうか、スラリとした長身で、いかにも働いている女性らしく、化粧っけのない、すっきりした印象だった。

「どうも……」

と、会釈をし、「すぐ出ます」

と、図面をたたむ。

「急がなくていい。ただ、初子さんを案内しているだけだ」

と、倉田が言った。「打ち合せの通りで、やれるね」

「はい……」

「女の子たちの方も頼むよ」

「はい」

江上ゆかりは、図面を抱えると、出て行こうとする。

「あ、イヤリング」

と、初子が言った。「片方、ついてませんよ」

江上ゆかりはハッとした様子で、

「本当……。大したもんじゃありませんから、いいんです。じゃ、これで」

あわただしく、追いかけられてでもいるように帰っていく。

「忙しそうだ」

と、倉田は言った。「準備の時間があまりないから。——さあ、サンルームへ案内しましょう」

初子は、何となく今の女性の様子が気になった。

倉田について行くと、今度は居間の倍近くもある、広い部屋へ出た。

ガラス張りの天井から、少し夏の日射しが射し入っている。そして広いスペースに観葉植物が一杯置かれて、空気までが爽《さわ》やかに匂《にお》うようだった。

「——すてき！」

と、思わず初子は言って、深呼吸していた。

「なかなかのものでしょう？　こっちのベンチへかけませんか」

白いベンチとテーブル。まるでＣＭの中の世界だ。

「——倉田様」

と、突然声がして、初子はびっくりした。

「ああ、ここへ何か飲物を」

「かしこまりました」

三十代か四十代か、よく見分けのつかない女性だ。エプロンをつけているのが、何だかずいぶん古くさく見える。

「ここのお手伝いの信子《のぶこ》さんです」

と、倉田が紹介した。

信子というその女性は、黙って初子の方へ頭を下げた。

何となく、無表情で、怖い印象の人だ、と初子は思った。

ベンチに腰をおろすと、何とも言えず心地よかった。

「——凄《すご》いお屋敷ですね」

「代々の蓄積というものですよ」

「倉田さん」

と、初子は言った。「安永さん——輝子さんが昼食の席でおっしゃったこと、本気じゃありませんよね」

倉田は、チラッと初子を見て、

「『五つ違いなら』ってこと？」

「ええ。正敏さん、まだ十三歳でしょ。いえ十三といっても、まだお子様ですものね」

「しかし分りませんよ。五年後、聡子さんは二十三。正敏さんは十八……」

「でも——」

「まあ、そう深刻に考えなくても。まだまだ先の話です」

信子が盆にグラスを二つのせて来た。

「赤い色がきれい」

と、初子は、その飲物を手に取って、「ルビーのような、鮮やかな色ですね」

「おいしいから、飲んでみて下さい。アルコールが入っていますが、ごくわずかです」

「私、弱いんです、アルコール」

と言いながら、一口飲むと、冷たいその液体がスルリと喉《のど》を通っていく。

「——どうです？」

「おいしい！」

と、思わず初子は言った。「これ、何ですか？」

「日本にはあまり入っていない果実のジュースですよ」

「へえ、おいしい」

アッという間に飲み干してしまったのは、クーラーの入った屋敷の中で、喉が渇いていたせいもあったろう。

「——正敏さんは、聡子さんに憧れていますよ」

と、倉田は言った。「僕なら、初子さんの方ですがね」

思いがけない言葉に、初子はちょっとどぎまぎして目を明るい天井の方へ向けた。

「気持いい。こんな所でお昼寝したら、最高だな」

「どうぞどうぞ。そっと寝かせておいてあげますよ」

と、倉田は言った。「初子さんの寝顔は可愛いだろうな」

「やめて下さい」

と、赤くなって、「聡子の方がずっと可愛いわ。それはよく知ってます。姉なんて、損だわ」

ふと、スリッパが何か硬い物を踏んだ。見れば、銀色のイヤリング……。

これって、さっきの——。

ベンチの下に落ちていた。初子は、手をのばしてそれを拾ったが……。

クラッとめまいがして、思わず目を閉じる。

「どうしました？」

「いえ……。大丈夫。かがみ込んで、起きたらめまいがして、よくあるんです」

しかし、そのめまいの感覚はおさまらなかった。

「このイヤリング……。さっきの……江上さんっておっしゃいましたっけ」

「ああ、ここで落としたのか」

倉田はそれを受け取って、「返しておきますよ、これは」

初子は、突然二つの図柄が重なるのを見ていた。

一つは、ネクタイが緩んで、曲っていた倉田。もう一つは、あわてて立ち上り、帰って行った江上ゆかり……。

あの女《ひと》も、髪の毛が乱れていた。落ちつきがなく、倉田と目が合うのを避けていた。

初子の目に、このサンルームで倉田に抱かれている江上ゆかりの姿が浮んだ。

「——どうしました」

倉田の声が、少し変った。

「あなたは……あの江上さんって人を……。だから、ここでイヤリングが落ちて、それにあの人は気付かなかったんだわ」

「何の話です?」

「後ろの髪の毛が立ってますよ」

と、初子は指摘した。

倉田がハッと手をやる。その仕草が、図星だったことを教えた。

「ひどいわ……。あの人にとっては大切な仕事なんでしょう? 拒むわけにいかない人を、そんな風に……」

クラクラする。どうしたんだろう?

「もう——帰ります」

立ち上って、歩き出そうとした初子は、二、三歩と進めず、倒れそうになって、倉田に支えられた。

「しっかりして！　やっぱりアルコールが効いたかな」

アルコール？　そうじゃない！　何かの薬があのドリンクに入れてあったのだ。

「さ、横になって」

と、ベンチに寝かされる。

「帰して……。帰して下さい」

と呟《つぶや》いても、めまいで、とても立てない。

「少しやすんでらっしゃい。大丈夫ですから、ここは」

「でも……」

「何か用があれば、いつでも呼んで下さい」

「体が……重い……」

横になって、じっとしていても、絶えず天井がゆっくりと回転しているようだ。

何だか気が遠くなる。――ここで眠っちゃだめ！

でも、とても堪えられなかった。瞼《まぶた》が下りてくる。

そして、ほんの一瞬の間に、初子は寝入っていた。

――倉田はちょっと笑うと、

「落とすイヤリングはつけてないね」

と言ってから、ベンチのそばに膝《ひざ》をつき初子のワンピースの上から、胸のふくらみをつかんだ。

「倉田様」

信子がいつの間にか立っている。

「どうした？」

「お電話が。――聡子さんからです」

「そうか。今、忙しいので、こっちからかけると言ってくれ」

「かしこまりました」

信子が行ってしまうと、倉田はネクタイを外し、投げ捨てて、それから初子の上体を抱き起こし、背中のファスナーを静かに下げて行った。

すると、

「――倉田様」

信子は、ほとんど足音というものをたてないのである。

「何だ」

倉田は苛々と振り返った。

「お電話です。奥様から」

倉田は舌打ちした。

「出ないわけにもいかないな」

初子をベンチへ寝かせると、「仕事部屋か？」

「はい」

倉田は急いで廊下を駆けて行った。

信子がチラッと初子を見て、そのまま立ち去る。

倉田としても、輝子からの電話を無視するわけにはいかないので、命じられた件で電話を何本かかけている内、十五分もたってしまった。

サンルームへ戻って来たとき、倉田は、初子の姿が見えないので、いまいましげに首を振った。

しかし、早すぎる。まだ薬の効き目は切れていないはずだが。

「――信子」

と、居間から出て来た信子へ、「あの子はどうした？」

「サンルームにいらした方ですか？」

「そうだ」

「いらっしゃいませんか？　私はずっとお掃除をしておりましたので……」

「分った。もういい」

――どうやら逃げられたらしい。

倉田は、しかし初子を手もとへたぐり寄せる自信があった。

倉田は身近な電話で、ホテルの聡子へかけてみたが、呼んでも部屋にはいないという返事。

「間が悪いときってのは、こんなもんだ」

倉田はそう呟いて、信子へ、「――会社へ行く」

と、声をかけると玄関へと大股に歩いて行った。

10　襲うもの

「どうぞごゆっくり」

と、係の女性がきちんとたたんだバスタオルを渡して、言った。

「ありがとう」

――何となく照れくさいような、それでいて、ちょっとわくわくするような、妙な気分だった。

沢井聡子だということに、係の女性は気付いていなかった。まさか、金メダルまで取った水泳選手が、せいぜい二十メートルしかないホテルのプールで泳いだりするとは思いもしないのだろう。

聡子にしても、ほんの思い付きだった。

姉が珍しく「一人で出かける」とメモを残していなくなっているし、倉田へ電話しても忙しいという。

退屈して、TVを見ながら〈ホテル案内〉をめくっていると、〈屋内プール〉という文字が目に入って来たのである。

プール……。

考えてみれば、三日とプールの水に浸らなかったことは、この何年間か、なかった。

それが……。今度の出来事ですっかり怠けてしまっている。そのことを悔む気持はないが、同時に、「水に入りたい」という欲求が急にこみ上げて来て、聡子はずっと上の方のフロアにあるこの屋内プールへ来てしまった、というわけだった。

水着も貸してくれて、タオルも用意されている。

そうそう、

「冷たいお飲物はご自由にお飲み下さい」

というサービスもある。

これは、聡子にとって新鮮な驚きだった。

聡子にとって、プールというのは、「競う場」であり、「練習する場」だった。プールが「ごゆっくり」できる場で、しかも飲物がタダ、といったことなど、想像もつかなかったのである。

――宿泊客専用、と決められたそのプールは、四、五人の人が泳いでいるだけで、他に十人ほどがプールサイドのデッキチェアに寝そべっている。

借りた水着は、少々聡子にはきつかった。肩から腕にかけて、筋肉がついているのでどうしても普通の人のサイズでは、着られないのである。

空いたデッキチェアにタオルをかけ、聡子はともかくまず水へ静かに入って行った。

夏で、この屋内プールの天井はガラスばりなので、青空が見え、明るい。

聡子は、ともかくすぐに水へ入り、泳ぎ出した。力を入れず、ゆっくりと水をかく。

それでも、もちろん他の客に比べれば、何倍も速いので、プールサイドの人々の目をひいた。

聡子は、二十メートルほどの距離を、すぐに五回も折り返した。

そして、一旦プールから上ると、軽く息をついて、タオルで濡《ぬ》れた体を拭《ふ》き、デッキチェアに横になった……。

「沢井聡子だ」

という声が聞こえてくる。

初めの内、こう言われることは何だか嬉《うれ》しいような恥ずかしいようなものだった。

でも今は何も感じない。慣れたせいでもあるが、大方の人にとって、自分は「珍し

い動物」のようなもので、

「あ、動いてる」

という世界なのである。

泳ぐのは楽しい。——久しぶりに、そう感じた。

水が、戯れながらまとわりついてくる子犬のようで、少しも「邪魔」でない。こんなことは、小さい子供のころ以来だった。

あの三年前——「ピークだった」と言われ、金メダルを取った三年前には、水が「仲良くできる」ものだった。

十五歳の体、体力の余裕。

何もかもが奇跡的に「ピーク」を迎えていたのだ。それはどんなに努力しても追いつけない。

十八にもなれば、当然胸も腰も大きくなってくる。「水は敵」になった。何とかして排除し、抑え込まねばならない「厄介もの」だったのだ。

でも、そんなことはないのだ、と今聡子は思う。

水は水で、少しの変りもない。変ったのは聡子の方なのだ。

天井を見上げる。——ガラス越しに夏の青空が覗いている。

聡子は、水の匂《にお》い、消毒薬の匂いに包まれて、ついウトウトしていた。

寝不足というわけでもないのに、やはり連夜の外出が効いているのだろう、いつしか瞼が閉じて、聡子はフッと眠りに落ちていった……。


目を開けると、体の重い感覚は大分消えていた。

まだボーッとしている。

初子にも、ともかく今自分が車に乗っていることだけは分っていた。

「――大丈夫？」

と、女性の声。

ハッとして見ると、運転席の女性が、ちょうど信号待ちになって振り向いた。

「あ……」

初子は、助けられたのだということだけ、何となく憶えていた。

江上ゆかりは、車をまた走らせながら、

「どこまで送る？」

と訊いた。

「あの……ホテルFへ」

と言って、少し舌がもつれた。「ごめんなさい。あの……」

「薬のせいよ」

と、江上ゆかりは言った。「ただ、そう長くは効き目が続かないから」

「薬って……」

「あのサンルームで、赤い色したドリンクを飲んだんでしょ?」

「ええ。──そうです」

思い出した。イヤリングの片方を見付けたことを。

「江上さん……でしたっけ」

「そう。ゆかりでいいわ」

「あなたもサンルームに……」

「いたわ。そしてあの飲物をいただいて……。後のことは察しがついてるでしょ」

「どうして私のこと──」

「倉田さんがあなたを案内しているのを見てね、同じことを考えてるんだ、って思ったから、玄関から出るような格好だけして、中に残っていたの」

「ありがとうございました、本当に!」

「いいえ。良かったわ、何もなくて」

と、江上ゆかりは微笑んだ。「あなた、どうしてあのお屋敷へ?」

「妹が──何だか妙なことで気に入られてしまって」

一口ではとても説明できない。

「早くあんな所とはさよならするのね。まともじゃないわ」

「あの……訴えたらどうですか、倉田のこと」

「私はいいの。——初めてってわけじゃないし」

「え？」

「仕事のためってわけじゃないのよ。ゆうべ、倉田と寝たの。——でも、後でいやな気分になったから、今日あそこで誘われたときは断った。そしたらあれを飲まされて……。腹は立つけど、仕事はきちんとやりたい。だからいいの。あんな男と係ってたら、時間のむだ」

江上ゆかりの言うことも、分らないではなかったが、やはり初子には納得できなかった。

今になって怒りが湧《わ》いてくる。

あんな男、聡子にだって手を出しているのかもしれない……。

そう思うと、早く聡子にこのことを話して、一日も早く東京を離れよう、と決心する。父や柳田がどう言おうと、知ったことか！

そして——ふと思い出した。

ゆうべ、夜遅く聡子を送って来たのは、確かに倉田だった。でも、江上ゆかりは「ゆうべ倉田と寝た」という……。

ただ、時間にずれがあっただけのことかもしれないが。

「——あなた、いくつ？」

と、ゆかりが訊く。

「え？——二十歳ですけど」

「二十歳か！　若いなあ」

と、ゆかりはため息をついた。

「そんな……。江上さんだってお若いのに」

「男を知ってる？」

突然訊かれて、真赤になった。ゆかりは笑って、

「びっくりした？　ごめんね。でも、その分じゃ、まだね。良かったわ、初めての経験があんなんじゃ、惨めよね」

「はい……」

車は、ホテルFの玄関へ着いた。

「——ありがとうございました」

もう、薬の効き目もすっかり抜けている。

ゆかりの車を見送って、初子はホテルのフロントへ行った。

ルームキーはカードなので持っているが、聡子が伝言して出たかと思ったのだ。

しかし、メッセージはなく、まだ部屋にいるのかもしれないと思った。

――701号室を開けて入ると、

「聡子？――聡子、いる？」

ベッドは起き出したままで、どこにもいない。

食事にでも出たのかな。

他に思い付かない。

初子は、朝食やランチのとれるレストランを覗いてみようと思った。何も知らずに聡子が倉田と出かけたりしたら、と心配だったのである。

急いで出ようとドアを開け――初子は立ちすくんだ。

「何の用ですか！」

と、初子は倉田をにらんで、「人を呼びますよ！」

倉田はいきなり初子の胸を突いた。初子は部屋の中へ転り込んだ。

倉田が中へ入ってドアを閉め、チェーンをかける。

初子は恐怖を感じた。――倉田は無言で上着を脱ぎ捨てると、初子へと近付いてくる。

「やめて！――訴えてやる！」

初子は立ち上って、逃げようとした。モーニングのルームサービスのワゴンにぶつかる。

倉田は黙って迫ってくる。

このままじゃ、力ずくで思いのままにされてしまう!

初子は、ワゴンの上の皿からナイフをつかみ取った。そう切れないだろうが、いくらかでも痛いだろう。

ナイフをつかんで構えると、倉田はそれを見て笑った。

「刺すわよ!」

と、初子は叫んだ。

少しでも倉田をひるませることができたら、その隙にドアへ駆けて行って逃げられる。それくらいの自信はあった。

倉田は、無言のままゆっくりと近寄って来た。

ためらっていたら、間に合わない!

初子は力一杯ナイフを突き出した。たまたま、同時に倉田がナイフを奪い取ろうとするように飛びかかって来た。

ハッと息をのんだのは初子の方だった。

ナイフの刃が上を向いて、そこへ倉田がかがみ込もうとした。ナイフの刃先が、倉田の喉へ切りつけた。

よほどのことだろう、刃が倉田の喉を抉《えぐ》るように刺していた。

「キャッ！」

刺した方が悲鳴を上げ、ナイフは床へ落ちた。

倉田は飛びすさり、呻《うめ》いた。――動物のような呻き声だった。

初子は、あまりに予想もしない出来事に、逃げるのを忘れていた。

――おかしい。

何かがおかしい、い、い、い、
血が――血が出ていない。そんなことがあるだろうか？

倉田の喉にははっきりと数センチの傷が口を開いていた。だが――そこは赤く傷口が見えているものの、血の一滴も流れていない。

こんなことが……。こんなことって……。

呆然《ぼうぜん》としている初子の方へ、倉田がやってくる。

「やめて……。来ないで！」

初子は動けなかった。倉田の視線が、見えないピンのように、初子を射抜いていた……。

「お願い……」

倉田の手が、初子のワンピースにかかると、一気にそれを引き裂いた。

ふと目を開け、聡子は、

「眠っちゃった」

と、呟いた。

そして、デッキチェアに起き上って、プールを見回してびっくりした。

客が一人もいないのだ。聡子一人。

もちろん、偶然で、そういうこともあるだろうが……。

「へえ、ラッキー」

と、立ち上ると、伸びをした。

人の泳いでいないプールは泳ぎやすいものなのである。余計な波が立たないからだ。

今、プールの水面は静かに波一つない。

聡子は、手首足首を軽く振っておいて、水の中へ入って行った。

泳ぎ出すと、静かな水面に自分の起した波がゆっくりと広がっていく。快適だった。

水が、形のあるもののように、しっかりと体を支えている。聡子はただ軽く手足を動かすだけで、その上を滑るように進んで行った。

ターンして、今度は潜ってみる。

全身に心地よい圧迫感があって、体が目覚める感じだった。——たぶん、プールの係の人に見付かったら注意されるだろうが、一人なのだ。構やしない。

それに、聡子にとって、水の中は一番自由でいられる世界なのだ……。

潜ったまま、プールの中を右へ左へ泳いで、一旦水面へ出ようとしたとき――。

目の前に、一人の女の子がいた。

一瞬、夢でも見ているのかと思った。

水の中である。しかも、その女の子は――たぶん、十七、八の、聡子と同じくらいの年齢だろう――白いブラウスとタータンチェックのスカート、そして白いソックスと黒い靴という格好で、まるで高校生の学校帰りのようだったのだ。

こんな少女が、どうして水の中にいるの？

幻だろうか？

だが、幻ではなかった。

少女は真直ぐ聡子の方へやって来た。聡子は急いで浮き上ろうと水をけった。

その聡子の足首を、少女の手がつかんだ。

一瞬、聡子の顔は水面へ出たが、凄い力で再び水の中へ引張り込まれた。

水を飲んで、むせた。少女が足首をつかんで離さない。

聡子は、少女の手を振り離そうとした。

プールの底に体がついた。少女が聡子の上にのしかかってくる。

苦しかった。ほとんど息をついでいない。それでも、聡子でなければとてもこれだけの間、もたなかったろう。

聡子は必死で、その少女を突き放そうとした。——そして、気付いた。

少女は息をしていなかった。

少女の口からも鼻からも、泡一つ洩《も》れていない。ありえないことだった。

この少女は何だろう?

聡子は凍りつくような思いで、「死人が自分を連れに来た」と思った。

いやだ! いやだ!

最後の力をこめて、その少女をけとばすと、体が自由になった。

プールの底をけって、一気に水面へ出る。思い切り息をして、もう一度引きずり込まれては、と潜ってみた。

——プールの中には、もう誰もいない。

水から上ると、聡子は喘《あえ》ぎながら何とかデッキチェアの上に横たわった。

心臓が破裂するかと思う勢いで打っている。

——あれは何だったのだろう?

夢でも幻想でもない。

現に死にそうになったのだから。

あの少女は……。一体何だったのだろう？

見憶えのない顔だった。水の中だったが、顔ははっきり思い出せる。

聡子は、タオルで顔を拭くと、しばらく動けなかった。

「あの……」

と、声をかけられて、ギクリとする。

中学生くらいの女の子が、Tシャツ姿で立っていた。おずおずと、

「沢井……聡子さんですよね」

「――ええ」

「サインしていただけませんか」

聡子は、いつもならいやな気分になるのだが、今はちゃんと「生きた女の子」と話していることが嬉しくて、喜んでその子の手帳にサインしてやったのだった……。

11　絶望

すぐにプールには何人も客が入って来た。

聡子は、今の何分間かは、別の世界へでも行っていたのかという気がして、でも、もう水へ入る気はしない。

心臓も、さすがにきたえられている。じきに普通のペースに戻って、聡子は部屋へ戻ることにした。

夏休みでもあり、小さな子供たちがプールで騒ぎ出して、たちまちにぎやかになるのを後に、聡子はロッカールームへと向った。

——身仕度を終えて、聡子はカウンターにロッカーのキーを返して、エレベーターホールへ出た。

エレベーターで七階へ降りて行く途中、ふと思い出したのは、あの安永正敏を助けた後、

「どうして助けたんですか」

と、かかって来た女の声の電話のことだった。

あの声は、「あの子を助けたことを悔みますよ」

とも言っていた。

どうしてあのことを思い出したのだろう？

そう。——水の中で正敏を助けたことを、あのふしぎな少女に溺《おぼ》れさせられそうになったことから、連想したのだろう。

しかし、聡子は改めて思い出してゾッとした。

あれは何だったのだろう……。

７０１号室へ入って、聡子は、

「あれ」

と、思わず言った。「お姉ちゃん、帰ってる？」

ルームサービスのワゴンの上が乱れていて、ナイフが床に落ちていた。

「お姉ちゃん？」

ナイフを拾って、皿へ戻すと、「——いるの？」

と、初子の寝ていた方のベッドルームを覗いた。

「——ああ、びっくりした！」

聡子は、姉がベッドのそばのソファに座っているのを見て、「お姉ちゃん……。どうかした？」

初子は、聡子の初めて見るワンピースを着ていた。

「お帰り」

初子がゆっくりと顔を上げて、聡子を見た。

「うん……。私、プールで泳いでたの」

「それで、捜してもいなかったのね」

「ごめん。でも、こんなに早く帰ってくると思わなかったから……」

聡子は、プールでの出来事を姉に話そうかどうしようかと迷った。

嘘《うそ》をついているとは思うまいが、どうしてあんなことが起ったのか、聡子自身も説明できないのだし……。

そんな話をすれば、姉が、

「すぐ帰ろう」

と言い出すだろうとも思った。

「お姉ちゃん……。その服、似合うね」

「そう？」

初子は微笑んだ。「ね、お父さんとコーチが上京してくるって。それまでこっちにいなきゃならないわ」

「え？　やった！」

「少しのんびりしましょうね」

初子は立ち上ると、「今夜は倉田さんとどこへ出かけるの？」

「え？」

「隠さなくてもいいわ。分ってるのよ」

「隠してたわけじゃ……。話さなかっただけよ。――同じか」

聡子は頭をかいて、「ごめん。だって、今度いつ東京へ出て来れるか――」

「あんたはいいじゃないの。大学、どこだって体育学部なら大歓迎よ」

「うん……」

　聡子も、それはよく分っている。

　私立大学なら、特にPRにもなるから、「ぜひうちの大学へ」という誘いがこの三年間、いくつもあった。

「私は地元の短大を出て、どこか近くの小さな会社のOLでもやって、二十五、六で見合い結婚。——それこそ、もう東京へ出てくることなんか、ないかもしれないな」

　初子の言葉に、聡子は面食らった。

　姉がこんなことを口にするのを初めて聞いたのである。

「お姉ちゃん、一緒にこっちで暮せばいいじゃない」

　と、聡子は言った。「私もその方が心強いしさ」

「お父さんとお母さんを放り出して、二人ともこっちへ来るの？」

　そう言われると、聡子は何とも答えられない。

「——聡子。あんたはそれだけの才能があるんだから、遠慮することないのよ。私も、今夜は一緒に連れてってって」

「え？」

「いいでしょ。私は二十歳なんだから、何でもやれるのよ。お酒もタバコも、結婚だってね」

「お姉ちゃんがそんなこと言うなんて……。どうかしたの？」

「いいえ」

初子はリビングルームへ歩いて行くと、「――出かける仕度しときなさい」

「今から出かけるの？」

「倉田さんが、迎えにくるって。あと三十分くらいよ」

「うん……。お姉ちゃん、部屋、このままでいいの？」

姉が、こんな広い部屋にいるのを気にしていたことを思い出して言った。

「何のこと？」

と、初子は訊き返した。

「――ううん、別に」

「じゃ、仕度しなさい」

「うん……」

お姉ちゃん、どうしたんだろう？

いつもと様子が違う。――気にはなったが、今は考えることが多すぎた。

聡子は、急いで広い方のベッドルームへと入って行った。

オフィスのドアは閉って、鍵《かぎ》がかかっていた。

佐山清美は、十分待って、来なかったら帰ろう、と思ったのだが、幸い五分もすると、エレベーターから江上ゆかりが降りて来た。

「あら、あなた……」

と言いかけて、「ごめんなさい！　約束してたわね。待った？」

「いいえ、五分くらいです」

「ごめんなさい！　でも、この中じゃ何もないし。――下のティールームへ行きましょう」

清美は、午前二時に、約束通り江上ゆかりへ電話した。そして今日ここへ来てくれと言われたのである。

「エレベーターもボロだから」

古いビルの一部屋を借りている江上ゆかりは笑って、「本当はオフィスの中、蒸し風呂みたいになっているのよ」

「ダイエットにいいですね」

「そうね」

と、ゆかりが肯《うなず》いて、「いろいろとありがとう。何人集まった？」

「十二人です」

「凄い！　助かるわ、ありがとう」

ゆかりは、正直なところ七、八人がせいぜいと思っていたのだ。

「十二人は確かに来ます。あと、二、三人、まだはっきりしない子がいますけど、これ以上は無理です。夏休みで旅行中の子とか、多くて」

「充分よ。ありがとう」

二人は、ティールームへ入って一息ついた。

「——本当に何か特別なサービスはしないでいいんですよね」

アイスティーを飲みながら、清美は念を押した。

「ええ、その点は何度も確かめたわ。要するにパーティがにぎやかになればいいの」

「分りました。しつこくてすみません。友だちに何かまちがいでもあったら、困りますから」

「分るわ。当然よ」

ゆかりはホットコーヒー。汗をかきかき飲むのがいい。

「——でも、変ってますよね、自宅の誕生日パーティに、関係ない女の子を呼ぶなんて」

「私の経験で言うとね」

と、ゆかりは言った。「お金持はみんな変ってる」

「そうですね」

と、清美は笑った。「パーティの仕度、進んでるんですか」

「まあ何とかね。日数がないので、却って必死になる。それがいいところよ」

「私……何かお手伝いすることがあったら言って下さい」

清美としては、倉田の働いているオフィスへ訪ねていくわけにいかないのだから、何とか少しでも近付く機会がほしい。

「ありがとう。当日、早く来てもらおうかしら」

「もちろん、伺います」

「しっかりしてるわね、あなた」

と、ゆかりが感心した様子で言った。「――あ、ごめんなさい」

ゆかりの携帯電話が鳴った。

ゆかりが一旦店を出て話している間に、清美はテーブルに置かれたゆかりの手帳を見ていた。

話は長くなりそうだ。

清美は、ゆかりの手帳を手に取って、素早くめくった。

ゆうべの欄を見ると、〈倉田、12・00R〉とメモがある。

十二時とは、もちろん夜中だろう。

してみると、ゆかりは倉田と特別な関係があるのかもしれない。

今日の欄に、〈倉田、7・00PMホテルF〉とあった。

七時にホテルF。――清美はそれを頭に入れると、手帳を元通りに置いた。

すぐにゆかりが戻ってくる。

「――お金のこと、決めておきましょうね。あなた、まとめて受け取る？」

「いえ、一人ずつにして下さい。後で大変なので」

「分ったわ」

はっきりした言い方をする清美のことが、ゆかりは気に入ったようだ。

「それで当日のことだけど――」

と言いかけると、今度は清美の携帯電話が鳴った。

「すみません」

と、今度は清美が席を立つ。

ティールームの外へ出て、

「もしもし」

と、出ると、

「清美か！」

清美はびっくりした。

「お父さん？　何だ、びっくりした」

「清美、お前今、どこにいる？」

「外だよ。——どうしたの？」

父の様子が普通ではない。

「会社の……谷田君が……」

「谷田って……この間の人ね」

「うん。彼女が……殺された」

清美もさすがに絶句した。

「——清美。父さんがやったんじゃない。信じてくれ」

「ちょっと待ってよ。そんなこと分ってるけど……。どうして焦《あせ》ってるの？」

「俺が札入れを忘れて来たんだ」

「どこに？」

「ホテルだ。この間の近くの」

清美は何とも言いようがなかった。

「それで？」

「刑事が会社へ来て、話を聞きたいと言われた。——な、本当だ。父さんはやってない。母さんにそう言ってくれ」

「いいけど……。疑われてるの？」

「たぶん……」

「いつ殺されたの？」

「今朝だ。十時半ごろ」

「お父さん……朝、会ったの？　ホテルでわざわざ？」

「うん……。外出先を回ることにしてあって」

呆《あき》れて、ものも言えない。

「じゃ、ともかく隠さないで本当のことを言って。ごまかそうとしたら、次から次へ嘘つくことになるよ」

どっちが親か分らない。

「うん、嘘はついてない。ただ……」

と、口ごもる。

「どうしたの？」

「刑事を待たせておいて、裏から逃げて来ちまった」

「──今、何て言ったの？」

「金がないんだ。お前、いくら持ってる？　貸してくれないか」

清美は、絶望的な気分になったのだった……。

12　死者の電話

「では、どうかよろしく」

と、黒木のぞみの父親が頭を下げる。

「確かに、お嬢さんをお預かりします」

と、柳田はていねいに頭を下げ、「東京へ着いたら、向うの担当の女性がついて、パーティ用の服など運んでくれることになっています。ご心配なく」

「何も知らん子ですので、よろしく」

列車がホームへ入って来た。

「じゃ、行ってくるね」

黒木のぞみがスーツケースをさげて両親へ言った。

「沢井さんが来ないな」

と、柳田は改札口の方へ目をやっていたが、「ああ、来た！　——沢井さん！　遅いですよ」

「いや、すみません」

沢井和男が息を弾ませ、汗を拭《ふ》きながら、やってくる。

少し後から伸代がついて来た。

「じゃ、乗りましょう。五分停車だ」

と、柳田は言って、伸代の方へ会釈した。

「主人をよろしく」

と、伸代は言った。

柳田、沢井と黒木のぞみの三人は、列車へ乗り込んだ。

「時間はかかるが夜行列車にした。その方が後で楽だ」

と、柳田は言った。

三人が、個室寝台車へ乗って、窓から見送りの人たちに手を振ると、すぐ列車は動き出した。

「――何だ」

と、沢井が苦笑して、「伸代の奴、さっさと帰っちまったのか」

「さあ、ともかく荷物を」

と、柳田が言った。「こっちの個室を、のぞみ、お前一人で使え」

「やった」

と、のぞみがニコニコしている。

「俺たちは隣にいる。何かあったら、壁でも叩《たた》け。寝るときはちゃんとロックしとけよ」

「はい。それじゃ」

のぞみは、隣の個室へ入って行った。

「——寝てる間に着きますよ」

と、柳田は言って、席にかけた。「ビールでも飲みますか」

「いいですな。寝つけるだろう」

「私が買って来ます。いや、任せて下さい」

柳田は、売店のある車両へと向った。といっても、隣の車両だ。

柳田は、弁当と缶ビールを買って、戻ろうとした。

「先生」

のぞみが、通路に立っている。

「弁当は？」

「お母さんが作ってくれた」

「そうか。早く寝ろよ」

のぞみはチラッと左右へ目をやって、

「二人だと思ってたのに……」

と、柳田をにらむ。

「仕方ない。色々あったんだ。分ってるだろ」

「でも……。せっかく個室なのに」

柳田は笑って、

「このビールは何のためだと思ってるんだ？　沢井を早々に眠らせるさ」

「じゃ、待ってる！　早く来てね」

のぞみは柳田の頭を抱き寄せてキスすると、足早に戻って行く。

柳田は、ビニール袋をガサガサいわせながら、自分の個室へと戻って行った。

洗面所で、カーテンを引いていた沢井伸代は、そっとカーテンを開けて、柳田の後ろ姿を見送った。

「せいぜい楽しんでなさい」

と、伸代は呟《つぶや》いた。

そうよ。このままじゃすませないから……。

伸代は、自分の席へと戻って行った。

「お姉ちゃん……」

聡子は、そっと声をかけて、「起きてる？」

——いつもと逆だ。

自分でも妙な気がする。

ホテルへ戻って来たのは、夜中の二時を過ぎていた。

聡子は、初子のことが心配で、さっぱり何をして来たのか分らなかった。

倉田が一緒だったから、危いことはなかったものの、初子はずいぶん酔っていたのだ。

聡子は、姉がこんなに自分を失うほど酔っているのを初めて見た。

大学生だから、時には飲んで帰ってくることもあったが、しかし今夜は普通じゃない。

「お姉ちゃん……」

と、ベッドルームを覗《のぞ》くと、初子が服のままベッドに横になっている。

いやだ……。どうしたんだろう。

聡子は、初子の服を脱がして、ハンガーにかけた。

「どうしよう……。毛布かけときゃいいか」

聡子は、姉とはいえ裸で寝かしておくわけにもいかず、浴衣《ゆかた》を着せようとした。しかし、ぐったりした体は重くてとても無理である。

電話が鳴った。

聡子は、急いでリビングルームへ行って出た。

「もしもし」

夜中だ。誰だろう？

「もしもし、どなた？」

と、くり返すと、

「今日はどうも……」

と、若い女の声。

「え？」

「今日、お会いしました」

「──何のことですか？」

「プールの中で。忘れた？」

聡子は、青ざめた。

「あなた……本当に……」

「プールの底で、お会いしたでしょ」

本当かどうか、疑うことはできるが、しかしあの出来事を知っているのは二人の他にいないはずだ。

「あなた、誰？」

「──さすがに水泳選手ですね。あんなに長く潜ってられる人、知らない」

「あなたは、呼吸してないの？」

少し間があって、

「必要ないんですもの、死んだ人間には」

「誰なの？」

「私……しのぶ、です」

「しのぶ？」

「間宮しのぶ。——謝ろうと思って、電話しました」

「謝るって、昼間のこと？」

「あなたも、あの連中の仲間だと思っていたので。思い違いでした」

「あの連中って……」

「安永正敏を助けてはいけなかったんです」

やはりそうか。あのときの電話も、この少女からだったのだ。

「待って」

〈間宮しのぶ〉という名を、聡子はメモして、

「私に何の用なの？」

「用心して下さい。安永輝子には特に。——あなたは若いんですから」

「あなただって——」

と言いかけて、死んだ人間に若いと言うのも妙なものだと思い直した。

「佐山清美を訪ねて下さい」

「佐山？」

と、メモを取り、「この人は何なの？」

「私の親友です。佐山さんから、事情を聞いて下さい。お願い」

「あの――」

「もう……。切ります」

「どうして、死んだの？　もしもし？」

聡子は、電話が切れているのに気付き、ため息をついた。

間宮しのぶ。そして佐山清美。

この二つの名前は幻ではない。

間宮しのぶがどうして死んだのか。どこかで当ってみよう。

「お姉ちゃん！　びっくりした」

初子が、あんなにぐっすり寝入っていたのに、目を覚ましたらしく、すぐそばに立っていたのだ。

「もう起きないかと思った」

「起きるわよ。それとも、二度と起きない方がいい？」

「変なこと言わないで」

と、聡子は怒って言った。「お風呂に入る？」

「そうね」

初子は、急にいつものような口をきくようになっていた。

「じゃ、先に入って。私、後でいい」

聡子がそう言うと、初子はバスルームの方へ行きかけたが、急に戻ってくると、聡子の方へ歩み寄って、

「聡子……。大好きよ」

と言って、聡子の頰《ほお》にキスした。

呆気《あっけ》にとられている聡子を後に、初子はバスルームへと姿を消した。

13　交換条件

「さあ、もう戻らんと」

柳田は、体を起こして言った。

「お隣、ぐっすり寝てる？」

黒木のぞみは、個室の寝台で伸びをした。

――普通の十六歳ではない。水泳できたえた体、特に肩や腕の筋肉、太腿《ふともも》などははち切れんばかりの太さだ。

いくらゆったりめに作られているといっても、列車の寝台はこの少女に手狭だったが、それがいかにも「人目を忍んでいる」という気持にさせて、

「楽しかった」

と、コーチにキスをする。

「お前にゃかなわん」

と、柳田は笑って、「十六なのに、もうすっかり女だな」

「嬉《うれ》しい」

のぞみは柳田を抱き寄せて、「東京でも、可愛がってね」

「こっちの身がもたないよ」

と、柳田はおどけて言った。「遊びもいいが、遊び過ぎるなよ。バランスを崩すぞ」

のぞみは、寝台に起き上ってパジャマを着た。

「コーチと運動してバランス取るもん」

のぞみは変った、と柳田は思った。

以前は、いつも沢井聡子のかげに隠れて、目立たない存在だったが、このところ日に日に、自信をつけ、輝いている。

もう「ナンバーツー」でなくなった自信が、のぞみを変えたのだ。柳田との仲も、今はのぞみの方が積極的である。

むろん、用心しなければならない。

コーチと選手のスキャンダル。——珍しい話ではないが、表沙汰《ざた》になることは少ない。

何といっても、スポーツ選手は「子供たちの憧れの的」であり、生身の人間だと言っても、通じない世界だ。

柳田も、自分の手もとから有力選手が出ている限り、安全だと分っていた。そういう点の見極めは素早いのである。

危いのは、水泳界での力を失いかけたときだ。誰かが柳田にとって代ろうとする。そのとき、狙《ねら》いすましたようにスキャンダルが公になるのだ。

「じゃ、よく眠れよ」

柳田は、のぞみの頰にキスして、「朝、起してやる」

「うん……」

毛布をかぶったのぞみは、もうトロンとした目をしていた。

「鍵《かぎ》をかけろ。一応用心のためだ」

「はい、コーチ」

おどけて言うと、柳田が出た後、ドアを閉める。

柳田は、ドアがロックされる音を聞いてから、そっと隣の個室のドアを開けた。

むろん、中は暗く、沢井和男は眠っている。

柳田は、自分の寝台へ潜り込むと、大欠伸《あくび》をした。

そのとき――パッと明りが点《つ》いた。

柳田がびっくりして起き上ると、

「お帰りですか」

沢井が起き上っていた。「朝までお隣かと思ってましたよ」

柳田は何も言わなかった。

「ご立派なもんだ」

と、沢井は笑って、「選手の母親だけかと思ったら、十六の女子選手にも、ですか。ちょっと、並の人間にゃ真似できませんね」

沢井は真顔になり、

「柳田さん、あんたは聡子にもあんなことを――」

「それはありませんよ」

と、柳田は言った。「誓って、ありません」

「そうかもしれん。聡子はそういう点、潔癖な子だ」

沢井はニヤリと笑った。「私を酔わせて眠らせとこうという腹だったんですな。残念ながら、私はそう弱かないのでね。ビールくらいじゃ、酔いませんよ」

柳田は黙っている。――下手な言いわけは、却《かえ》って足下を見すかされるだけだ。

「それにね、柳田さん。あの子は少々声を上げすぎだ。あれじゃ目が覚めますよ」

と、沢井は笑って言った。「いや、今どきの子は恐ろしいもんですな」

柳田は大きく息をついた。

「沢井さん。黒木のぞみと私のことは、あなたには関係ないことだ。黙ってて下さいますね」

「さて、どうしましょうかね」

と、沢井は顎《あご》をなでた。「確かに、あんたが失脚したら、こっちも損をする。その点では、あんたを助けてやりたい」

「それで？」

「しかしね、それを黙っていろと言われても――。家内を寝取られて、その上、ですからな」

「はっきり言って下さい。金ですか」

「金？　別に私は困っちゃいませんが」

「そうですか？　例のホステスに大分注《つ》ぎ込んで、コンビニの売り上げに手をつけていると聞きましたよ」

沢井はムッとした表情になり、

「仲代の奴、余計なことを！」

と吐き捨てるように言った。

「まあ、沢井さん。そこはお互い、損しないように考えましょう」

柳田は穏やかに言った。「互いのあら捜しをしても仕方ない。ま、誰でも叩けば多少の埃《ほこり》は出ます」

「それなら、聡子をもっと大事にしてほしいですな。あんたはすっかり黒木のぞみびいきになってしまった」

「それはしかし……。成績がすべてですよ。聡子君は、明らかに力が落ちている」

「だからといって――。あの子があんたを有名にしたんだし」

「分ってますとも」

柳田は肯《うなず》いて、「どうです、沢井さん。ここはひとつ、協力しませんか。聡子君は私に反発して、自分が『スター』扱いされるのをいやがっている。しかし、これからの聡子君の仕事は、PRの先頭に立ってくれることです。何といっても、可愛くて、人気がある」

「しかし本人が――」

「そこを、あなたが納得させて下さい。あの子はどうせ来年には東京の大学だ。遊びを覚えれば、早いですよ。人気者の快感を、すぐ忘れられなくなる」

「それで？」

「ＣＭです。今は高校生だし、当人もいやがっているが、大学に入れば、もう自由です。ＣＭ出演は一番金になる。あの子なら、何千万とふっかけてもいい」

「それに一枚かませろと？」

柳田は肩をすくめて、

「表立っては無理ですよ。しかし、別に事務所を作って、そこで扱うようにする。むろん、社長はあなただ」

「なるほど」

「私は〈顧問〉にでもしていただいて。——あなたは名目だけ社長のポストにいて下されぱいい。企業との話は私がまとめます」

「いや、私自身もやりますよ。コンビニなんて、そう儲《もう》かるもんじゃない。聡子には、ずいぶん金を注ぎ込んだ。これから、もとを取ってくれんとね」

「じゃ、お互い力を合せて。——いいですね」

柳田は手を差し出した。しかし、沢井はその手を握ろうとはせず、

「一つ、条件があります」

と言った。

「何です？」

「手伝っていただきたい」

「手伝う？　何を？」

沢井は立ち上ると、ドアを開けて通路を見た。

「――大丈夫。さっきね、見てしまったんです」

「何を？」

「女房を。――この列車に乗ってるんですよ、あいつ」

「しかし、見送りに――」

柳田も、さすがにびっくりした。

「そのまま、乗り込んだんです。たぶん、あんたのことを見張りたいんでしょう」

柳田もそう聞いてゾッとした。

「伸代さんがね。そうですか」

「女房がどうして急に白状する気になったのか、ふしぎでした。しかし、今夜分りましたよ。あいつは、あんたとのぞみの仲を知ってたんですね」

「――まあね」

と、渋々答える。

「すると、仲代はあんたにとっても危い存在だ。むろん、私にとってもね」

と、沢井は言うと、声をひそめ、「どうです。――仲代を殺すのに、手を貸して下さい」

柳田も、さすがに一瞬ギクリとした。

「――本気ですか！」

「そんなに驚くことはないでしょう。十六歳の女の子に手をつけときながら」

と、沢井は笑った。

「しかし、それとこれとは――」

「お断りになるというのなら、私も、あんたと黒木のぞみのことを、県の水泳連盟へ訴えて出るだけだ」

もう、答えは出ていた。――柳田にとって、危い賭《か》けだが、うまくいけば、その後の収入は、これまでと比べものにならない。

「しかし……もしばれたら……」

「東京でなら、大丈夫。あいつは誰にも言わずに来ているはずです」

「なるほど」

「しかし、私よりもコーチ、あんたの方を仲代は信じるでしょう。腹は立てていても、まだ未練はあるはずだ」

「まあ……そうでしょうな」

柳田は渋々認めた。

「あいつをうまく丸め込んで、人目につかないようにして下さい。どうやるか、ゆっくり考えましょう」

柳田も、さすがに気が重い。公金を使ったり、チームの少女に手をつけたりするのとはわけが違う。

人殺し。——沢井は簡単に考えているようだが、身許が知れて、夫と愛人が一緒に上京していたと分れば、疑いが向くことは充分あり得る。

柳田は、ともかく差し当り沢井の話に乗るしかないと思った。

その代り、何とか「殺人」に係らないような手はないものか……。

いくら聡子が金になるといっても、そのために刑務所行きの危険まで犯すのは……。

「じゃ、もう寝ましょう」

と、柳田は何くわぬ顔で、「くたびれてるんでね」

沢井は笑って、

「あんたも大変ですな。東京でも、のぞみちゃんが毎晩ベッドへ潜り込んで来ますよ」

「これも、コーチの仕事ですよ」

柳田は真面目くさった顔で言うと、「じゃ、明りを消します」

「おやすみ」

「おやすみ」

個室の中は暗くなった。

柳田は、実際、のぞみの相手をして、大分くたびれていた。体力が並の女の子とは違う。

それでも、すぐには眠れなかった。

——沢井のこと。伸代のこと。聡子のこと。

柳田には考えなくてはならないことがいくつもあった。

やっと柳田が眠りについたのは、一時間近くもたってからだった……。

14　ねじれた時間

ドアを開けると、父が立っていた。

「お父さん」

と、清美は言った。「——帰してくれたんだ」

「うん……」

佐山俊二は、くたびれ切った様子で、目の下にくまを作っていた。

「入ったら?」

「うん」

と言いながら、佐山は玄関の中へ入ろうとせず、「——母さんは?」

おずおずと訊《き》く。

「あなた」

あゆ子が出てくる。「上って。——お風呂に入る? すぐ寝る?」

「いや……。じゃ、ザッとシャワーだけ浴びるか」

佐山は、妻から何と言われるか、びくびくしていたのである。

清美は、父を中へ入れ、ドアを閉めた。

清美は、父がシャワーを浴びに行くと、

「お母さん」

と、台所のあゆ子へ言った。「お父さんのこと——」

「あんたは、そんなこと気にしないの」

と、あゆ子は言った。「少しはこりたでしょ。——清美、出かけるの?」

「うん。バイトの打ち合せ」

「じゃあ、もう出かけてくれる? お父さんと二人で話したいから」

「分った」

と、清美は肯いた。「でも、お父さんが殺したんじゃないってことは分ってくれたんだね、きっと」

「あの人に、そんなことできるはずないわ」

「でも、可哀そう……。しのぶがあんな死に方して、今度は谷田ユカって人まで」

「同情する気にはなれないけどね」

と、あゆ子は言った。「要するに、ああいう所は物騒なのよ。あなたも、もう近付かないでね」

清美も、そう言われると何とも返事ができなかった。

バスルームから、シャワーの音が聞こえてくる。――自分がいなくなった後、父と母がどんな話をするのか、清美には見当もつかなかった。

ただの男と女ではない。二十年近い「夫婦」の時間を持って来た二人である。

清美は、母が取り乱したりヒステリックになって夫に食ってかかったりしないのでホッとしていた。

ともかく、父のことで心配が消えたのは助かる。今の清美は、倉田という男に近付いて、しのぶの敵《かたき》を討つことだけを考えていたかったのである。

手早く外出の仕度をすると、清美は、母へちょっと声をかけて出た。

マンションの一階へ下り、ロビーへ出て行く。

江上ゆかりを訪ねていくつもりだった。何とか、パーティの前に倉田に会っておきたかったのだ。

危険かもしれないが、あんな死に方をしたしのぶ、それを助けられなかった自分が、許せなかった。

マンションを出ようとすると、どこかで見たことのある女の子が入って来て、二人は、扉の所でちょっと顔を見合せた。

「あ。――沢井聡子さんでしょ」

清美は、あのホテルで、沢井聡子を見かけたことを思い出した。

「あなた、もしかして――佐山清美さん？」

訊かれてびっくりする。

「私のこと、どうして――」

「良かった、会えて！　お話があるの」

「何ですか？」

「お友だちのことで。間宮しのぶさんっていう人のこと」

「しのぶ……。どうして、しのぶのことを？」

「亡くなったの？」

清美は、ゆっくり肯いた。

「――やっぱり」

聡子は、ロビーをチラッと見て、「私、昨日会ったの」

と言った。

「会ったって……誰にですか」

「間宮しのぶさんに」

冷たいものが背筋を走って、清美は身震いした。

冷房が効いたパーラーだったが、清美の覚えた寒気はそのせいではなかった。

「――本当のことなの」

と、聡子が言った。「私も、夢でも見たんだと思いたいけど、本当のことなの。プールの底で、その女の子に会ったこと。そして夜、ホテルの部屋に間宮しのぶさんから電話がかかって来たこと」

パーラーは空《す》いていたが、二人はつい声をひそめて話していた。

「信じてくれる？」

聡子の問いに、清美は肯いた。

「しのぶが、そうまでして聡子さんに話したかったっていうのは……。きっと、悔しかったからです。自分の死が。十七で死ななきゃいけなかったことが、凄く心残りだったからだと思うんです。——私のせいなのに。私があんなことにしのぶを引張り込んだんだから、私の所へ恨んで出ればいいのに……」

清美の目から涙が溢《あふ》れて落ちた。

「——しのぶさんって、自殺したのね」

と、聡子は訊いた。

「ええ……。恐ろしいことがあって……。さっきは言いませんでしたけど、聞いて下さい」

清美は、間宮しのぶの死にまつわる話を聡子に聞かせたが、言うべきかどうか迷ったのは、しのぶがまるで老女のようにしわくちゃの顔になっていたということだった。そんな話をしたら、聡子が自分の言うことを信じてくれなくなるかもしれないと思ったのである。

しかし、聡子の話は、やはり何か「自然を超えたもの」がこの出来事に係っていることをはっきり教えていた。思い切って、清美はすべてを話したのだった。

「——そんなことが」

聡子は、清美の話を聞いて、青ざめていた。

「焼身自殺した、しのぶの気持を考えると、もう……。きっと、そんな風になってしまった自分の姿を見られたくなくて、あんな死に方をしたんじゃないかと思うんです」

「でも……そんな恐ろしいことが……」

聡子は、大きく息をついた。「そのとき一緒にいたのが、倉田さんだったのね」

清美は肯いた。——聡子は、自分と姉がこの何日か、倉田と一緒にいたことを考えてゾッとした。

「私、しのぶの恨みを晴らさなきゃ」

と、清美が言った。

「でも、危いわ」

「気がすみません。だって、一番の親友だったんですもの」

「分るわ。——私も力になる。ね、一人でやろうとしないで。向うは大人の男よ」

「ええ。でも、しのぶが言ったことって、何の意味なんでしょうね」

「私が安永正敏を助けたことを言ってた。しのぶさんが、あのことをどうして知ってたのかしら」

「正敏って……。でも、十二歳の子供ですよ」

「そうよね。なんとなくひよわな感じの子……。じき、十三になるのよね」

「あさって、誕生日のパーティがあります。私、そのパーティに出るんで、その屋敷の中に入れるんです」

「でも、危くない？」

「大勢客が来るはずです。却って大丈夫だと思うんですけど」

「それはそうだけど……。私も招待されてるから、一緒にやりましょう。――自分でも知らなかったけど、あの男の子を助けたせいで、あなたのお友だちが亡くなったとしたら、償いをしなくちゃ」

「ありがとう！　心強いです」

と、清美は言った。

「表向き、知らないことにしておきましょう。倉田に気付かれない方がいいわ」

「はい」

「わたし、父が上京して来るので、今夜は出られないけど。――夜、連絡するわ」

「これ、私の携帯電話の番号です」

と、清美はメモを渡した。「いつでも、かけて下さい」

メモを受け取った聡子の手が、そのまま清美の手を握って、しばらく離れなかった……。


スルスルと扉が開き、沢井と柳田、そして黒木のぞみの三人はムッとする熱気の中、東京駅のホームへ降り立った。

「柳田さん」

と、白っぽいジャケットの男がやって来て言った。「わざわざどうも。お待ちしてました」

「やあ」

と、柳田は手を上げて、「沢井さんだ。それに、黒木のぞみも知ってるな」

「もちろん。〈J〉の浜口《はまぐち》です」

業界でも一、二を争う水着メーカーの営業マンだ。如才ない口調、マニュアル風の笑顔は、それなりに黒木のぞみを安心させた。

十六歳の自分を大人として――いや、並の大人なんか比べものにならないくらい大切にしてくれる、こういう人間たちを、のぞみはまだ信じていた。

「聡子さんとは――」

「うん。連絡がついてる。大丈夫だ。それより、ここじゃ暑い。早く行こう」

「待って下さい。今……。ああ、みえましたよ」

のぞみは、沢井初子がやってくるのを見て、ちょっと柳田から離れた。

「初子。迎えに来たのか」

「ええ」

と、初子は無表情に返事をして、「こちら、倉田さん。私と聡子がお世話になってるの」

その男は、真夏だというのに、きちんとスーツを着込み、ネクタイをしていた。

「倉田さんは〈Y財団〉のお仕事をなさってましてね」

と、浜口が説明した。「明日のパーティをN新聞と共催されてるんです。ホテルも、同じ所を手配して下さっているそうで」

「それは恐縮です」

柳田は、倉田という男に、「金の匂《にお》い」をかぎつけていた。味方にして損のない男だ、と感じたのだ。

「ふしぎなご縁で、お嬢さん方とお知り合いになりまして」

と、倉田は言った。「さあ、車が待っております。どうぞ」

——黒木のぞみは、その倉田という男に見られると、反射的に目を伏せてしまった。

「ご活躍を拝見しましたよ。さ、こちらへ」

自分に話しかけてくれているのだ。

「ありがとうございます」

と、のぞみは言った。

「荷物を」

「あ、いえ、大丈夫です」

と、のぞみはあわてて言った。「力はありますから」

「そういう問題じゃありませんよ。さあ」

倉田は微笑《ほほえ》んで、のぞみのスーツケースを持った。

一行がホームを階段へと歩いて行く。

浜口は早くも柳田と話し始めていた。

沢井は、初子が何となく口をききたがらない様子なので、あえて口を開かなかった。

むしろ沢井の注意は、列車から伸代が降りているに違いないということの方に向いていた……。

「――東京、面白いですか」

のぞみは、初子に話しかけた。何といっても、クラブの先輩だ。

「人によるでしょ」

と、初子はそっけなく言った。「きっと、倉田さんがあなたを面白い所へ連れてってくれるわ」

「そうですか。――聡子さんは？」

「元気よ」

初子は笑顔でのぞみを見た。「毎晩遊び歩いて、パーマをかけて、ピアスの穴を開

け て……」

「本当に？　凄《すご》い！　そんなことしたら、私、家へ入れてもらえない」

のぞみは、初子がどことなくいつもと違うと感じていたが、聡子のことを聞いたショックで、そんなことは忘れてしまった。

「あなたもすぐ慣れるわ」

と、初子は言った。「都会は大きなプールのようなものよ。泳ぎ回るのなんか、たちまち覚える」

「そうかなあ……」

のぞみは、階段を下りて行った。

「──N新聞の方では、PRのページで、ぜひ……」

浜口と柳田がしゃべっている。

ゾロゾロと階段を下りて行く。──そのとき、ホームで、

「待って！」

という女の声が上った「泥棒！　泥棒よ！」

のぞみは、びっくりして振り向いた。

若い男が、女性のバッグを手に、階段を駆け下りてくる。

だが、急ぎすぎていたその男は、階段から足を踏み外した。

「危い！」

初子が、のぞみの腕をつかんで、傍へ引張った。

若い男は、凄い勢いで階段を転り落ちてくると、のぞみたちのいた踊り場に頭を打ちつけて止った。

凄い音がした。

バキッという……。あれは、骨の折れた音だろう。

のぞみは、息をつめて、目をうつろに開け、妙な角度に首をねじ曲げて倒れている若い男を見ていた。

「――何てことだ。物騒な」

と、倉田が顔をしかめて言った。「行きましょう」

駅員も、上の方からこわごわ覗いているだけ。

「血だわ」

と、のぞみは思わず言っていた。

男の頭の下から、ゆっくりと血が広がっていた。――血の色は、鮮やかな赤というより、濃い朱色だった。

のぞみはゾッとした。

死んでいる。間違いなく、死んでいる。

人の死を、こんな間近で見たことはなかった。

のぞみは、初子の方を見て何か言おうとしたが、一瞬、凍りつくように立ちすくんでしまった。

初子は、じっと食い入るように死人の方を——そこからじわじわと広がる血を見つめていた。

のぞみには、初子の目が、まるで獣のようにギラリと光り、獲物へ飛びかかろうとでもしているように見えたのだ。

どうしたんだろう？　こんな初子は初めて見た。

いや、今にも初子は、その死体へ飛びついて行きそうに見えた。息づかいが荒くなり、頬が紅潮する。

初子はのぞみの腕をつかんだままだった。その手に凄い力が入って、

「痛い！」

と、のぞみは声を上げていた。「初子さん、痛いですよ！」

突然、初子がハッとして、

「のぞみちゃん」

と言った。「——ごめん」

手を離して、そして、初子は今初めてのぞみに気付いたように、

「大丈夫？」

と言った。

「——ええ」

もう初子の目は、いつもの穏やかなそれに戻っていた。ホームで会ったときから感じていた妙な印象も消えていた。

「行きましょう。怖いわね、都会って」

初子が促して、のぞみは階段を下りて行った。

「おい、何してる。早くしろ」

先に下りて行く沢井が振り向いて言う。

「あわてることないわ。心の準備をした方がいいわよ、聡子に会う前に」

初子が、いつもの皮肉な調子で言った。

のぞみは、階段を下り切ると、もう一度振り返った。

死んだ男は、もう隠れて見えなくなっていたが、手の先だけがはみ出て見え、その白い手は、まるでのぞみを手招きでもしているようだった。

——馬鹿なこと考えないで！

のぞみは頭を振ると、急いで初子の後を追って行った……。

15　少年

「いらっしゃいませ」

信子といったか。——江上ゆかりは、そのどこか気味の悪い女のことを、よく思い出せなかった。

つい昨日会っているのだ。それなのに……。

「江上と申します。昨日お伺いした……」

「はい」

「パーティのことで、広さなど、測り残した所がありまして」

「さようでございますか。どうぞお上り下さい」

と、スリッパを出してくれる。

廊下を歩いて行くと、

「外はお暑いでしょう」

と、信子が言った。「何か冷たいものをお飲みになりますか」

「いえ、結構です。——倉田さんはおいでですか」

「お出かけでございます」

ゆかりはホッとした。

「じゃ、勝手に少し見せていただきますので、どうぞお構いなく」

と、居間の入口で足を止める。

「倉田様にご連絡する必要はございませんね？」

信子の言い方は、もう答えを知っているかのようだった。

「必要ありません」

「かしこまりました」

信子がていねいに頭を下げて退《さ》がると、ゆかりは、居間の中へ入り、巻尺を出して、いくつかの寸法を採った。

仕事、仕事。

倉田のことは忘れよう。――もうあんな男と係るのはごめんだ。

しかし、一旦《いったん》引き受けた仕事はきちんとやり通さなくては。

ゆかりは、寸法を図面に手早く書き込んで行った。

料理が来て、テーブルが出る。パーティといっても、雑然と人が出入りするというよりは、一人の人間を中心にしたものだから、そのつもりの仕度がいる。

ゆかりは、廊下へ出ると、あのサンルームへと歩いて行った。

胸がキュッとしめつけられる気がする。

忘れよう。――忘れるんだ。

何でもない。交通事故みたいなものだ。

ゆかりは、白い光が射し込むサンルームまで来て、足を止めた。

いやな思い出はあっても、ここが独特の雰囲気を持ったすてきな場所だということは事実だ。

花の香りがする。

ここは、夜は夜で違う空間になるだろう。

あの佐山清美という女の子が集めてくれた十人余りを始め、ゆかりの用意している少女も加えて、二十四、五人になる。

この場所を、バースデイパーティのメインの会場にしよう。

ゆかりは、そう決めると、即座に色々なイメージが浮んで来て、急いでメモを取った。

時々、こんなことがある。次から次にアイデアが湧《わ》いて来て、メモを取るのさえ間に合わないことが。――こんな場所で、というのが皮肉な気はしたが、倉田への怒りがあるからこそ、倉田を唸《うな》らせるような仕事をしなければならない。

問題は、沢山並んでいる観葉植物だが、これはたぶん動かせるだろう。後で、あの信子という人に訊いてみよう。

ゆかりはメモを取った。――まだ、年齢のせいで忘れっぽくなったとは思わないが、思い出したときにメモしておく、という習慣を、今の内から身につけておこうと思っている。

もし動かせなければ、装飾の台の代りにしてもいい。――そう。この植物たちがあった方が、いい雰囲気になるかもしれない。淡い照明で浮び上らせて、その中に、主役を座らせる。

「――何をしてるんですか？」

突然声をかけられて、ゆかりは飛び上るほど驚いた。

植物の鉢の間――生い繁る葉に光を遮られて薄暗くなった辺りに、誰かが座っていた。

どうして気付かなかったのだろう？　ふしぎな気はしたが、ともかく、そこに誰かいることは確かなのである。

「あの……」

「どなたですか」

少しハイトーンの声。男の子の声だ。

「私……江上ゆかりと申します。あさってのパーティの企画を任されていまして。その下調べに伺ったんですけど……」

と言って、少しためらってから、「失礼ですけど……安永正敏さんですか」

相手は、暗くかげった所に椅子《いす》を置いて座っているので、腰から下しか見えない。上半身は暗がりの中に溶けていた。

返事があるまで、少し空いて、

「――そうです」

と、落ちついた声音で答える。

「よろしくお願いします。お誕生日のパーティということで、私なりにプランを練っているところです」

と、ゆかりは言った。「何か――ご希望はありますか？ それとも、これはやめてほしいとか……」

「江上さん、でしたね」

「はい」

「あなたにお願いするときめたんですから、お任せします。楽しみにしていますから」

「――恐れ入ります」

と、ゆかりは言った。「精一杯、やらせていただきます」

「よろしく」

淡々とした口調。さっきのハイトーンの口調は、少し低くなっているように感じられる。

それにしても、植物の間に引っ込むようにして、顔も全く見えないのは、何だかゆかりを、居心地の悪い思いにさせた。

「正敏さん。——こうお呼びしてよろしいですか?」

「どうぞ」

「そんな所へ入られて、何をしてらっしゃるんですか?」

と、ゆかりが少し覗き込むようにすると、

「やめて下さい!」

と、突然正敏が鋭く言った。

「ごめんなさい。失礼しました」

ゆかりは急いで後ろへ退がった。「ただ、せっかくいい日が射しているのに、と思いまして……」

「——びっくりさせてすみません」

と、正敏が言った。「僕は日の光が苦手なんです。それでこうして日かげの所を選んで緑をとり入れています」

「分りました」

「怒ったわけじゃないんです。どうか気を悪くされないで下さい」

「とんでもない、そんなこと」

「恥ずかしいんです。色があんまり白くて、不健康なので」

「そんなこと……。じゃ、夜の方がお好きですね」

「ええ。夜行動物ですね、僕は」

と、正敏は初めて笑った。

その笑い声を聞いて、ゆかりはふと思った。——これがあさって十三歳になる、少年の声だろうか？

そしてこの落ちついた話しぶり。それはまるで大人のようだ。言葉づかい、ていねいな口調など、とても十二歳とは思えないが……。

いや、そんなことはどうでもいい。——そう。ゆかり自身が、あの佐山清美という子に言った通り、「お金持は変ってる」のだ。

「——お邪魔しました」

と、ゆかりは言った。「突然やって来てしまって、申しわけありません」

「いいえ。あさっての夜、楽しみにしていますから」

「はい。またそのときご挨拶《あいさつ》します」

ゆかりはそう言って、メモしていた手帳をバッグにしまった。

「では、これで」

ゆかりは、サンルームを後にして、居間へと戻って行った。

居間へ入って、ゆかりはなぜかずっとあの少年の視線がついて来ているような気がした。

「――おすみですか」

急に信子が居間の入口に現われて、ゆかりは思わず声を上げそうになった。

「どうしたの、聡子？」

と、初子に訊かれて、聡子はハッとしてドアの所から離れた。

「もう、ルームサービスが来たの？」

「ううん、まだ。――ちょっと覗いて見てただけ」

聡子は、わざとリビングルームの中を歩き回って、「喉《のど》が渇いた！　早く来ないかな」

と、歌でも歌うように言った。

「何をしてるの」

初子は、腕時計を見て、「夕食、どうする？」

「だって、あの浜口さんとかいう人がどこかへ連れてってくれるんでしょ。また太っちゃう!」

「一晩くらい、お父さんにも付合わないとね。特にあんたは」

「どうして私だけなの?」

「そりゃ、あの〈J〉ってメーカーのCMを柳田コーチが狙《ねら》ってるからよ」

「コーチが?」

「お父さんを連れて来たのも、それがあるはずよ。——凄いね、ちょっと飛び込んだり泳いだりしてみせて、何千万」

聡子は、ソファに腰をおろして、

「いやだな、私」

「どうして? 悪いことするわけじゃないわ」

「だって、今はコーチ、のぞみちゃんの方を可愛がってる」

「CMに出る価値っていえば、あんたよ。当然他にも色々話は来るよ」

「コンビニ、どうするの?」

「もう閉めちゃうんじゃないの? お父さん、やる気失《な》くしてる」

初子は、腕時計を外して、「バンドの下、汗かいちゃって、いやね。——私、シャワー浴びてくる。どうせ食事のときは着替えるでしょ」

「どうぞ。ルームサービス、来たらお姉ちゃんの分も飲んどくよ」

初子は笑ってバスルームへ行ってしまった。

聡子は、立ち上ると、姉の戻って来ないのを確かめてから、もう一度ドアの所へ戻り、覗き穴に目を当てた。

さっき、この前を通って行ったのは——あれはお母さんだ。

聡子は、しばらく廊下の様子をうかがっていたが、その内本当にルームサービスのワゴンが、カチャカチャと氷の触れ合う涼しげな音と共にやって来た。

——聡子は、父たちと落ち合ってからN新聞へ寄って、社長に挨拶し、それからホテルへ戻って来たのである。

「——どうも」

聡子は、ルームサービスの伝票にサインして、ボーイへ渡した。

ボーイが出て行くと、飲みもののグラスを取り上げる。

氷でグラスが持てないほど冷たい。

——父と柳田、それに黒木のぞみの三人もこのホテルにチェックインした。のぞみは、このフロアの少し離れたツインルームを一人で使い、父と柳田は他のフロア。むろん、一部屋ずつだ。——三人の分は、〈J〉が出しているらしい。

聡子は、佐山清美のことを考えた。——親友を失った怒りに燃えている女の子。自分より一つ年下なのに、清美は「大人の覚悟」を決めていた。そのことに、聡子は強い印象を受けたのだった。

そっとジンジャーエールを飲むと、冷たさが胸に広がっていく。

――お母さん。

あれは確かに母だ。いくら何でも、見間違えるわけがない。

でも、どうして？　なぜ母がこんな所にいるのだろう？

父も知らないのだろう。知っていれば言うはずだ。

母にしても、ここに初子と聡子が泊っていることは分っているのだから、電話でもかけてくればいいのに。

ただ、さっき覗き穴から見たとき、母はドアの前を黙って通り過ぎて行っただけなのだが、その顔はいつもの母と全く違っていた。聡子は、それがショックで姉に何とも言えなかったのである。

母の横顔に見えた、思い詰めたような表情。あの、どこか切羽詰った目は、初めて見るものだった……。

何があったのだろう？

聡子には見当もつかなかった。

ふと、聡子の目が飾り棚の上の鏡へ向った。

そこには、聡子自身の姿が映っている。――ついこの間までの聡子とは別人のような少女である。

聡子は、姉の言ったCMの話を思い出した。

一体どうなってしまうのか。自分の生活、人生、そして将来……。

すべては聡子が三年前、あの金メダルを取った瞬間から変ってしまったのだ。

あれがなければ――。水泳選手として、あちこちの大会に出てはいただろうが、きっと昔と少しも変らない暮しをしていたに違いない。

父も母も姉も……。何かがおかしくなっている。どこか狂ってしまっている。

父が女を作っていると言って、母が食ってかかっているのを見たこともある。母の方もこのところ様子が変だった。

すべては私のせいなんだ。

「私が悪いんじゃない」

と、聡子は呟いた。「私はただ、力一杯泳いだだけよ！」

手にしたグラスの中で氷が溶けて、カタッと音をたてた。

16　裏切り

一斉にフラッシュがたかれ、TVカメラのライトが当って、のぞみはまぶしさに顔をしかめてしまった。

聡子。――そうだ。みんなは聡子を撮りに来ているのだ。

のぞみは、並んで立っている聡子の方をチラッと見て、フラッシュを浴びても微笑みを浮べているのに感心してしまった。

そこには、単に「慣れ」だけではない、

「私は可愛い」

という自信があった。

のぞみのひがみではない。可愛いという点では、聡子の笑顔は、のぞみから見ても、チャーミングである。

「もう一度こっちを見て下さい」

と、カメラマンから声がかかる。

「のぞみちゃん」

と、聡子が腕をつついて、「右の方を向いて」

「はい」

先輩の言うことだ。やはり逆らえないように訓練されている。

ひとしきりフラッシュがたかれ、

「すみません、沢井さんお一人でお願いします」

と、誰かが言った。

のぞみは、その場を離れた。聡子が止めようとしたが、のぞみはこれ以上いたくなかった。

「――ご苦労さん」

と、柳田が迎えてくれて、のぞみはやっと笑みを浮べた。

「コーチ……」

「何か飲め。ただし、アルコールはだめだぞ」

「はい」

のぞみは、テーブルからウーロン茶を取って一口飲んだ。

――N新聞主催のパーティは、じきに始まろうとしている。

聡子とのぞみは、会場の入口で、待ち構えていたカメラマンたちに捕まっていたのである。

「凄《すご》いな、聡子さん」

と、まだカメラに囲まれ、マイクを何本も差し出されている聡子を見て、のぞみは言った。

「我慢してろ。その内、お前が代ることになる」

「別に悔しいって言ってるんじゃないわ。聡子さん、可愛いし、当然だもの」

「そうか。しかし、お前も可愛い」

のぞみはちょっと笑って、

「——今夜は来てくれる？」

「初子たちと同じフロアだからな。用心せんと」

「来てよ。絶対ね！」

「分った」

と、柳田は笑って言った。

そこへ、〈J〉の浜口が客の間をかき分けてやって来た。

「柳田さん。沢井さんのお父さんは？」

「トイレだ。もう来るだろう」

「N新聞の社長が着くのが十五分くらい遅れるんで、それまで控室で待っていていただきたいんで。——ここにいらして下さい。お連れします」

浜口は忙しく小走りに行ってしまった。

「ああ、目がおかしくなった」

聡子がやっと解放されてやって来た。

「聡子さん、その服、すてき」

と、のぞみが言った。

「ありがとう。のぞみちゃん、スタイルがいいね。脚長くて羨《うらやま》しい」

聡子もウーロン茶のグラスを取って、「あれ？　お姉ちゃんは？」

「さあ、知らんな。あいつは大丈夫さ」

と、柳田は言った。

沢井が浜口と二人でやって来て、

「じゃ、こちらへ」

と、促した。

「私、いいでしょ、行かなくて」

と、のぞみは言った。

「おい――」

「疲れちゃうんです。慣れてないから」

「そうか。――じゃ、後で」

沢井と聡子、そして柳田の三人が浜口について行ってしまうと、のぞみは、広いパーティ会場を眺め回した。

こういう場が初めてというわけではないが、やはり故郷の町での〈歓迎会〉とはスケールが違う。

もう何百人が集まっているだろう？

「——どう？」

ふと気付くと、初子がそばに立っていた。

「あ……。何だか落ちつかなくて」

「足、痛くない？」

「ええ。本当はスニーカーでもはいていたいけど」

と笑って、「仕方ないですよね」

のぞみも、昨日買った紺のワンピースを着ていた。フォーマルというので、多少窮屈だ。靴も当然それに合せて、ハイヒールとまでいかないが、少しかかとの高いものをはいていた。

「初子さん。それ、お酒？」

と、のぞみは初子の手にしたグラスを見て言った。

「うん。薄い水割りよ。もう二十歳だもの」

初子は、会場を見回して、「後でね」

と、何だか唐突に行ってしまった。

のぞみが一人で立っていると、背後に人の気配を感じて振り返り、

「倉田さん」

倉田が、静かに立ってのぞみを見つめている。

「今晩は」

と、倉田は言った。「とても美しい」

のぞみは、どぎまぎして、

「こんな……色黒の逞《たくま》しい女の子がですか？」

と、笑った。

「本当だよ。君は自分で気付いていないだけだ」

倉田は、何だか昨日と少し違って見えた。

昨夜、みんなで一緒に食事したときも、あれこれ気をつかってくれていたが、今夜の倉田はふしぎな雰囲気を発散していた。

「ありがとうございます」

と、のぞみは言った。「コーチは今、控室に……」

「僕はいいんだ。君のそばにいたいね」

のぞみは当惑した。

しかし、そのとき、N新聞の社長が会場へ入って来て、パーティが始まったのだった……。

ドアをノックする音で、ベッドに横になる内、ついウトウトしていた沢井伸代は目を覚ました。

「——はい」

ルームサービスで夕食を頼んだのだ。

ホテルのレストランへ行くと、夫や娘たちに出食わすかもしれない。

今夜パーティだということは分っていたが、伸代自身、夫ほどこういうホテルに泊り慣れていなかった。

「待ってね」

と呟《つぶや》きつつ、急に起きたので少しクラクラしながらドアを開けに行く。「——ご苦労様」

と、ドアを開けると、柳田が立っていた。

「やあ」

柳田はニヤリと笑って、「入ってもいいかな?」

「——どうぞ」

伸代は柳田を中へ入れ、「ルームサービスを待ってるの」

「なに、時間はある。夜は長い」

「酔ってるのね。パーティで飲んだんでしょ」

「何しろ、いくら飲んでもタダだからな」

と、柳田は言って、「少し横にならせてくれ」

仲代は、精一杯の皮肉をこめて、

「のぞみちゃんの相手でくたびれたんでしょ。何しろ列車の中でも頑張ってたんですものね」

「よせよせ。お互い大人だ。馬鹿な若い連中みたいな言い草はよそう」

「何のお話？」

仲代は、小さなソファに腰をおろした。柳田はベッドに横になって、

「旦那《だんな》も知ってるぜ、来てること」

と、天井を見上げて言った。

「あんな人、どうでもいいわ」

仲代は肩をすくめた。

「何が欲しいんだ」

「――分らないわ」

仲代は、少しの間ぼんやりしていた。

と、独り言のように、「ただ、やり切れないの。自分一人、取り残されているのが」

「取り残されるって……。もともと、あの町で暮してたんじゃないか」

「人のことなんか言える？」

と、なじるように、「主人も、あんたも、みんなそうよ。聡子が金メダルを取って、何もかも変っちゃった。——もうあの町で、今まで通り、地道に生きてくなんて人生、送っちゃいけないのよ」

「人のせいにするなよ」

「よく言うわね。あんたが一番いい思いをしてるくせに」

「確かにな」

と、柳田は肯《うなず》いた。「その点じゃ聡子に感謝してる」

「ついでに私のことも可愛がってくれたってわけね」

仲代の声が少し震えた。「それとも——聡子の代り？　あの子はあんたの思い通りにならない。だから私で我慢したの？」

「よしてくれ」

「いやよ」

仲代は立ち上ると、ベッドへ駆け寄って、柳田の上に覆いかぶさるように体を投げかけ、

「私が失いたくないのは、あんただけなの！　お願いよ！　あんな子供、いつまで相手してられると思ってるの？　あと二、三年すりゃ、聡子と同じように、あんたから離れていく。大学へ入りゃ、もうあんたにはどうしようもないのよ」

仲代は自分から柳田を抱きしめ、激しく唇を押し付けた。

ドアをノックする音。

「ルームサービスでございます」

仲代がハッと体を起す。

「──出ろよ」

「ええ」

仲代はベッドから下りた。

ワゴンを中へ入れ、伝票にサインして渡すと、仲代は、大きく息をついた。

「もう、おしまいなの？」

「そうは言ってない」

柳田が起き上り、「ともかく、冷めない内に食べろよ。話がある」

「何のこと？」

「いいから。──俺もそのお茶だけもらおう」

と、柳田は椅子《いす》を一つ引張って来て、テーブルに寄せた。

仲代は、柳田が奇妙なやさしさを見せていることに戸惑った。

いつもと違う。それは、希望でもあったし、不安でもあった。

「旦那が相談して来たよ」

「お金のこと？　女のこと？」

「女房を殺すのを手伝ってくれって」

仲代は目を丸くして柳田を見ると、少し間を置いて笑い出した。

「あの人が？　そんな度胸なんて、あるもんですか！」

「ところが本気さ、向うは」

仲代の目に怯《おび》えの色が浮んだ。

「それで……何て答えたの」

「考えてみる、って。そう言うしかあるまい？　どうやら、隣町の女にのめり込んでいるようだな」

仲代は、一旦《いったん》止めた食事の手を再び動かして、ていねいに食べながら、

「馬鹿げてる」

と言った。「どっちもそうなのね」

「別れりゃいいんだろうが、そうなると、金の問題になる」

「お金？」

「聡子から入る金だ。それを捨てるのは馬鹿らしい。そうだろ？」

「――それで殺せって？」

「俺はごめんだ」

と、柳田は首を振った。「そんなことまでしたくない。なあ」

「でも、あの人一人じゃやれないわ、きっと」

「うん」

柳田は、伸代が食事をしているのを、しばらく眺めていたが、やがて、

「どう思う」

と言った。「旦那と別れるか」

「あの小さな町で、離婚訴訟？　みんなが大喜びするわ」

「それに、聡子にとってもイメージダウンだ。精神的にも、集中できなくなるだろう」

「どうしたらいい？」

「なあ。——俺と組むか」

「組む？」

「ああ。その代り、妙なやきもちはやくな。そっちも、東京で暮しゃいいんだ」

「初子もいるわ」

「こっちの大学へ変るさ。その方が楽しいに決まってる」

「私は……構わないけど」

「俺は、向うのスイミングクラブを当分みていかなきゃならん。しかし、半分はこっ

ちへ出て来ていられる。マンションの一つも買って」

「いいわね。でも——主人はどうなるの?」

柳田は、伸代を促して立たせるとベッドへ連れて行った。

「——いなくても構わないんだろ?」

「主人が?　もちろんよ」

「殺そうと本気で言うくらいだ。一緒にいるのは意味がない」

「いやだわ。いつ殺されるか分らないなんて!」

伸代は、柳田を抱き寄せた。

「たとえば、旦那が飲みすぎて、階段を踏み外す。そんなことは珍しくないだろ」

と、柳田が囁《ささや》いた。

「——本気?」

「やるか」

「もちろんよ。殺されるのを待ってるなんて、いや」

「意見が合ったな」

柳田が伸代の胸を開いて行く。

「待って。——下げに来るわ」

伸代はベッドを出ると、ルームサービスのワゴンを部屋から出した。

そして、ドアを閉め、チェーンをかけると明りを消した。

ベッドサイドの照明の中、伸代は服を脱ぎながらベッドへと近付いて行った。

「──若い子に手を出しても目をつぶるわ」

と、ベッドに上ると、「その代り、私を捨てないで」

「いいパートナーだぜ」

柳田は伸代を抱きしめ、伸代は、深く満ち足りた息をついて、柳田の下になった……。


私を裏切った。

私は……私はどうなるの？

黒木のぞみは、そのドアの前でしばらく立ちすくんでいた。

沢井伸代と柳田のことは知っていた。けれども、「もう終った」と聞いていたのだ。

いや、たとえ終っていなくても──のぞみだって、それほど柳田を信じているわけじゃない──せっかく東京へ出て来ているときくらい、のぞみ一人のものになってくれてもいいのに！

のぞみは、沢井伸代が勝手について来たとは思っていなかったのだ。柳田が、伸代にも「一緒に来い」と誘ったのだろうと思っていた。

そんな……。そんなひどいこと！

ドア越しに、仲代の声が聞こえて、のぞみは逃げ出した。

気が付くと、廊下に倉田が立っていた。

「倉田さん……」

「顔色が良くないが、大丈夫かな？」

のぞみはしばらく倉田を見つめていた。

どうして倉田がここにいるのか、考えてもみなかった。

「どこかへ連れてって」

と、のぞみは言った。

「どこへ？」

倉田が、のぞみの肩を抱く。

その手に込められた力は、はっきりとのぞみへの欲望を物語っていた。

のぞみの頰《ほお》がカッと熱くなる。──どうなっても、構うもんか。

コーチは他の女と寝てるんだ。私が他の男と寝て、どうしていけないことがあるだろう。

のぞみは、柳田以外の男を知らない。この倉田という男にしても、昨日会ったばかりだ。

でも——すてきな人だ。少なくとも、見た目もスマートな物腰も、コーチよりずっとすてきだ。

「どこへでも」

と、のぞみはドラマのヒロインのように言った。「あなたの好きな所へ連れてって」

「いいとも」

倉田は微笑《ほほえ》んで、「一生忘れられない夜にしてあげよう」

そして、倉田はしっかりとのぞみを捕えたまま、エレベーターへ向って歩き出した……。


電話が鳴っていた。

聡子は、枕から顔を上げると、

「お姉ちゃん……。電話だよ」

と言ったが——。

初子の出る様子はない。大方、パーティで酔っていたので、ぐっすり眠っているのだろう。

「未成年は損だ」

と、文句を言いつつ、聡子は電話へ手を伸ばしたが、同時に、自分のパジャマがめくれ上って、オヘソが見えているのに気付き、一人で赤くなったりした。

「——はい」

と、電話に出て、欠伸《あくび》をする。「——もしもし？」

しばらく、何も聞こえなかった。

「もしもし？——どなたですか？」

ナイトテーブルのデジタル時計を見ると、午前三時を過ぎている。

すると、押し殺したようなすすり泣きが聞こえて来た。

ほんのかすかではあるが、間違いなく、それはすすり泣きの声だったのである。

「もしもし？——誰？　そっちは誰なの？」

少し大きな声で言うと、

「聡子さん……ですか」

と、ささやくようなかすかな声が伝わって来た。

「——のぞみちゃん？」

「はい」

「どうしたの。パーティの後、姿が見えないから、お姉ちゃんと捜したのよ。今、どこにいるの？」

「外……です」

「外？」

「どこだかよく分らないんですけど……」

「落ちついて。ね、小さな子供じゃないんだから、迷子になっても泣くことないわ。そうでしょ」

聡子も、先輩として、やはり気になった。

「電話、どこでかけてるの？」

「表の……公衆電話です」

「場所、分らない？　大体のことでも分れば捜しに行くわ」

「いいえ！　来ないで！」

と、のぞみが怯えたような声を上げた。

何かよほどのことがあったのだ。——聡子はすっかり目が覚めてしまった。

「何かあったの？」

「分りません！　何がどうなっちゃったのか……。でも……でも、こんな姿、見せられない」

「落ちついて！　ね、一緒に泳いで来た親友でしょ。何でも話して。あなたの味方だからね、私。分る？」

「聡子さん……」

「泣いてちゃ分んない。ね。何があったの?」

「私……倉田って人と……」

「倉田? あの倉田さん?」

「あの——寝てしまったんです。コーチが……聡子さんのお母さんと寝るのを聞いて……。腹が立って、私……」

「コーチと……。お母さんと柳田コーチ? それで出て来てたのか。でも、倉田さんと寝たって、それ、いつのこと?」

「今夜……」

今夜。——でも、倉田は姉や父とも一緒に、遅くまで付合っていたのだ。

「のぞみちゃん。それで何があったの? ひどいことされたの?」

しばらく沈黙があった。

「のぞみちゃん。もしもし?」

「私……もう……もう二度と帰りません」

「何ですって?」

「捜さないで。お願いですから」

「馬鹿言わないで!」

「お世話になりました。——色々生意気なこと言って、すみません」

「待って！　ね、待ってよ。あなたのご両親に何て言えばいいのよ？」

「誰かにさらわれたか、殺されたか、とでも……」

「何言ってるの！　しっかりして！」

聡子の、受話器を握る手に汗がにじんだ。

同時に、ふしぎな感じを聡子は抱いていた。この場面を、既にどこかで体験したような……。

デジャ・ヴュのような感覚。──でも、どこでだったろう？

「聡子さん……。もう行きます」

そのとき、思い出した。これと似た状況を。佐山清美から聞いたのだった。

あの、間宮しのぶが、死の直前、清美の所へかけて来たという電話──。

「のぞみちゃん、待って！」

聡子は叫ぶように言った。

17　夜会

花火が夜空に七色の輝きをまき散らして、ドンドン、と音を響かせた。

芝生に出ていた客たちが一斉に拍手をする。

「――打上げ花火か、大したもんだ」

と、柳田が空を見上げて感心している。

「コーチ」

と、聡子は言った。「のぞみちゃん、何か連絡は？」

「いや、何もない」

柳田は肩をすくめて、「悪い奴にでも引っかかってなきゃいいんだが」

「捜索願、出した方がいいですよ」

と、聡子が言うと、

「分ってる。お前は気にしなくていい。お客さんのお相手をするんだぞ」

聡子は、柳田が、顔を見知った誰かを見付けたらしく、

「や、社長さん、どうもその節は」

と、挨拶《あいさつ》に行くのを、苦々しい思いで見守っていた。

「どうしたの？」

初子がやって来る。

「別に。――お父さんは？」

「あっちで飲んでるわ」

父も、すっかり人のおごりで食べたり飲んだりすることに慣れてしまった。そうな

ると、人は止《とど》まることなく、転り落ちていく。

聡子は、そんな姿を何人も見て来た。

「お姉ちゃん、私──」

と言いかけたとき、

「やあ、聡子君」

と、倉田が足早にやって来た。

「どうも……」

と、聡子は小さく会釈した。

「実は、ちょっと君に頼みがある」

「何でしょうか」

「奥様が直接お願いしたいってことなんだ。いいかね？」

「でも──」

「ちょっと一緒に来てくれ」

腕を取られて、聡子は仕方なくついて行った。

──安永正敏の十三歳を祝うパーティ。

開始が、もう夜の十時を回っていたので、今は十一時を過ぎているはずだ。

聡子は、やって来ている大勢の客の中を通り抜けながら、あの佐山清美の姿を捜していた。

〈Y財団〉とのつながりなのだろう、企業の幹部らしい中年、初老の男たちが多い。

そして、その男たちに混って、可愛いドレス姿の十六、七の少女たちが楽しそうに食べたり飲んだりしている。男はいくつになっても「少女」というものに弱いらしい。

その中に佐山清美もいるはずだが、庭は照明があるといっても、多少薄暗く、見分けることはできなかった。

屋敷の中へ入ると、聡子は廊下を通って、緑の観葉植物が生い繁る広いスペースへやって来た。

うっすらと月の光が射しているように見えたのは、計算された照明の力らしかった。

「――いらっしゃい」

植物の間から、安永輝子が長いドレスの裾《すそ》を引きずるようにして現われた。

「今晩は。――正敏さんのお誕生日、おめでとうございます」

と、聡子は言った。

「ありがとう！　本当にありがとう」

輝子は、聡子の両手をしっかり握りしめて、「あなたのおかげよ。あなたがあの子を助けて下さらなかったら……」

「いいえ」

と、聡子は言って、「正敏さん、どちらにいるんですか?」

パーティの主役が、まだ登場しないのである。

「じきにやってくるわ。あなたにも会いたがってる。そりゃあ楽しみにしていてね」

輝子は微笑んで、

「——聡子さん。ぜひお願いしたいことがあるの」

「何でしょう?」

「今日のお祝いに、と思って……。図々しいお願いと怒らないでね」

と、輝子は言った。「一度、泳いで見せてくれないかしら」

聡子はびっくりして、言葉もなかった。

「——どうしてもいや、ということなら、無理にとは言わないけど」

「金メダルの泳ぎだ、みんな喜びますよ」

と、倉田が言った。

「でも……どこで泳ぐんですか?」

聡子が即座に断らなかったので、輝子はホッとしたらしい。

「こっちへ来て。——あなたにふさわしいとは言えないでしょうけど……。もし気に入って下さったら」

廊下を更に奥へ連れて行かれ、大きな扉を輝子が開けると、

「さあ、どうぞ」

と言った。

中へ一歩踏み込んで、聡子は立ちすくんだ。

――プールだ。

青白い照明で照らし出された、本格的なプール。競泳用ほどの大きさではないが、二十五メートル以上ある。あのホテルのプールより、ずっと大きい。

満々と水をたたえたその姿は、うっとりするほど美しかった。

「凄い……。これ、お宅の?」

「ええ。あなたにぜひ泳いでほしくてね。急いで改装したの。何とか間に合ったわ」

周囲を高い植込みが囲んでいるので、庭にいても気付かなかったのだろう。

「――どうかしら。お客様方の前で、一泳ぎしていただけない?」

聡子は、その水にひきつけられるのを感じた。このままでも、飛び込んでしまいたい。

「でも……水着がありません」

「用意してあるわ」

シャワールームへのドアを開けると、華やかな柄の水着が、十着も下がっていた。

「好きなのを選んで」

聡子は大きく息をついた。

「——分りました」

「泳いで下さる？　ありがとう！」

輝子が手を打って喜ぶ。

「ただ——姉も一緒に。　構いませんか？　一人じゃ泳ぎにくいので」

「ええ。じゃ、すぐお呼びしましょ」

「私が」

と、倉田が急ぎ足で戻って行った。

「——聡子さん」

と、輝子は言った。「正敏が来たわ」

振り向くと、プールサイドに、白いタキシードの少年が立っていた。

「正敏、いらっしゃい」

と、輝子が手招きする。

「——来て下さってありがとう」

「いいえ……。お誕生日、おめでとう」

聡子は、半ば呆然《ぼうぜん》としていた。

その少年は、確かに正敏だったが、つい何日か前の、あのひよわな少年とは別人のようだった。

顔立ちも男っぽくなり、体もがっしりと、逞しくさえ感じられる。

十三歳？――充分、十六、七に見える。

「どう？　ずいぶん元気になったでしょう？」

と、輝子が得意げに言った。「本来、これが正敏なの。一時、体が弱っていただけで」

「はあ……」

「どう？　これなら聡子さんもお嫁さんになって下さるかも」

と、輝子が笑い、聡子はつい赤くなって目を伏せてしまった。

じきに、倉田が初子を連れて戻って来た。

「快く承知して下さいましたよ」

「それは良かったわ！　じゃ、早速着替えてね。その間に、プールサイドにお客様方をお呼びしておくわ」

聡子は、水着の中から気に入った柄を選んで取ると、

「お姉ちゃん、どれにする？」

「私は……これね」

と、大きな花を描いた一枚。

「へえ。好み、変ったね」

と笑って、聡子は仕切られた更衣室の一つへと入って行った。

長い間、スイミングクラブで泳いでいると、着替えの手順も時間も同じになる。

聡子は水着になって出てくると、姉がいないので、ちょっと妙な気がした。

いつもなら姉の方が着替えも手早い。

少し待って、やっと初子は現われた。

「遅いぞ」

と、聡子は言ってやった。

「聡子」

「うん？」

「本気で泳ぐわよ。私の方が勝つ」

「お姉ちゃん――」

「あんたはここんとこさぼってたでしょ。負けないわよ」

初子のこんな言葉を、聡子は初めて聞いたような気がした。

「じゃ、私も真剣にやる」

「頑張りましょ」

「うん」

二人は、少し更衣室の前で手足をほぐした。

そして、二人がプールの方へ出て行くと……。

拍手が湧き起った。

びっくりした。プールの両サイドを、パーティの客が埋めている。相手をしている少女たちも、プールサイドのコンクリートや、その外側の芝生に腰をおろしている。

「——皆さん」

輝子が、静かに進み出て言った。「今日は、息子、正敏のためにお集まりいただいて、ありがとうございます。すばらしいお客様——金メダルをお取りになった沢井聡子さんが、その泳ぎを見せて下さいます」

盛大な拍手が起った。——大分アルコールが入っているせいもあるだろう。

「一緒に泳いで下さるのは、お姉様の沢井初子さんです」

二人が進み出ると、一段と大きな拍手が二人を包んだ。

「——ここのとこ、少し練習不足ですけど」

と、聡子は言った。「このプールを、一回往復して、どっちが速いか、競います」

二人は顔を見合せた。

「行こう」

と、初子が言った。「誰か、スタートの合図を」

「俺がやる！」

と、タキシード姿のお年寄が出て来て、「この皿を叩《たた》きつけて割る。それが合図だ」

「お願いします」

と、聡子は言った。

二人は、一旦《いったん》水に入って軽く体を慣らすと、もう一度上って、スタートの位置に立った。

プールのへりに足の指をかけて、頭を下げる。

と、あのお年寄が声を張り上げる。

「——用意！」

なかなかいいタイミングで、皿が割れる音がした。二人は真直ぐ水へ突き刺さるように飛び込んだ。

聡子は、八分くらいの力で水をかいた。

二人しか泳いでいないので、波がなく、泳ぎやすい。

息を継ぎながら、姉の位置を見る。ぴったりと並んで泳いでいる。

負けるもんか！

聡子はたちまち反対側へ着いて、ターンした。少しピッチを上げる。

体が重い。――姉の言う通り、練習不足だろう。

でも、姉とは練習量が違う。

聡子は、スタートした側へ近付いて姉をチラッと見て、驚いた。姉が頭一つ前に出ている。

まさか！

ターンは、初子の方が早かった。

ワーッと歓声と声援が飛ぶ。

聡子は、ペースを一気に上げた。ほとんど全力だ。せいぜい残りは五十メートル余り。これで行けるだろう。

たちまちプールを泳ぎ切る。ターンの直前、聡子は姉がまだぴったりと並んでいるのを見て、焦った。

そんな馬鹿な！　昔ならともかく、今は全然力が違うはずだ。

しかし、現に初子はジリジリと聡子を抜いて前へ出ていく。

もう距離がない！　聡子は必死になった。

腕が水をスクリューのようにかき、足が鋼《はがね》のように水を打つ。

力強い泳ぎが、聡子の体をぐんぐん前へ押し出して、初子を抜くと、そのまま体半分ほどの差で先に着いた。

——やった！

でも……。こんなに……。

ワーッと拍手が起り、人々がプールの方へ寄って来た。

「初子さん、凄いわ！」

と、輝子が手を叩く。

「——どう？」

と、初子が聡子を見て言った。

「参ったわよ」

聡子は、苦しくて、水からすぐ上る気になれなかった。

「——正敏が」

と、輝子が言った。

振り向くと、プールの向うに、正敏が海水パンツをはいて立っていた。

あれは——十三歳の少年じゃない。体も筋肉がついて、まるでスポーツ選手のようだ。

正敏が水しぶきを上げて飛び込むと、力強く泳いで来る。

「聡子さん、迎えに行ってあげて」

輝子に言われて、聡子も泳ぎ出した。

プールの真中で、二人は出会った。

「——聡子さん」

「あなた……誰？」

と、聡子は軽く泳ぎながら言った。

「あなたを幸せにしますよ」

正敏が手を伸ばして、聡子の手を取る。ためらいながら聡子は引張られて、水の中で二人の体が触れた。

聡子は抱きしめられ、唇に唇を押し付けられた。——逞しい腕の力。それは聡子が振り離せないほどだった。

「いいぞ！」

と、声が上り、拍手が起った。

「泳ごう！」

と、女の子の声がした。

「おい！」

ドレスとタキシードの男女が、そのままプールへ飛び込んだ。ドッと笑いが起る。

「私も！」

他の女の子が、いきなりドレスを脱ぎ捨てると下着姿でプールへ飛び込んだ。

「入ろう！　みんなで泳ごう！」

たちまち、プールの周りは大騒ぎになった。

ドレスやタキシードが宙を舞い、ついには全裸になった女の子が歓声を上げて飛び込む。

プールの中は大騒ぎになった。

「──沢井さん」

と、柳田が言った。「泳ぎますか」

「俺が？」

「もう無理でしょうね。昔は結構泳がれたようだが」

「今だって泳げる！」

沢井はグラスを投げ捨てると、「見てろ！」

と言うなり、プールの隅の辺りへ足から飛び込んだ。

「──沢井さん。いけません。危いですよ。酔ってるのに」

柳田は、プールサイドに膝《ひざ》をついて、沢井の様子を見ていた。

沢井は一旦浮び上ったが、

「助けて……」

と、言うのが精一杯だった。

目を大きく見開き、胸をかきむしるようにして──そのまま、再び沈んで、もう浮んで来ない。

簡単なもんだ。——柳田はちょっと笑った。

手間のかからない死に方をしてくれたもんだぜ。

プールの中じゃ、みんなが服を脱ぎ捨てて、大騒ぎをしている。誰も、そんな片隅の事故など気にしない。

「恨むなよ」

と、柳田は言って立ち上ろうとした。

そのとき、突然足首をつかまれ、水の中へ引張り込まれる。

柳田は、水を飲みながら、水中で何とか姿勢を立て直した。

そして——信じられないものを見た。

沢井が、ニヤニヤ笑っている。水の中だ。しかも、鼻からも口からも、泡一つ出ていない！

こんな馬鹿な！　これは夢か？

柳田は、息が苦しくて、浮び上ろうとした。そこへ、沢井がつかみかかってくる。

よせ！　何するんだ！

柳田は、水の中で沢井が笑うのを聞いた。

柳田の首に、沢井の手がかかる。——苦しい、やめてくれ！

助けてくれ！　誰か……。

柳田の肺を、プールの水が満たしていった。

「——何なの？」

プールの中央で、聡子が言った。

あちこちで悲鳴が上る。見ている内に、次々に、人々の頭が水中へ消えた。

「何かあったんだわ！」

「待って」

と、正敏が聡子の腕をつかむ。

「あなたは——」

「分ってるだろ。僕がどうして成長したか」

と、正敏は言った。「僕には養分が必要なんだ。養分を吸い上げてるんだ」

聡子は、正敏の手を振り切って、水中へ潜った。

正敏が高笑いする声が、プールの中に響く。

信じられない光景だった。——水の底を、何か長い蛇のようなものが何本も這《は》い回り、次々に人々の足首に巻きついていた。これは……つただ！　葉っぱをつけた、長く、太いつただが、無数にプールの底を這い回り、えものを捜しているのだった。

苦しげに喘《あえ》ぐ少女たちの首へと、そのつたは伸びて、しなやかに巻きついていく。

あちこちで、つたが何人もの少女を捕えていた。

これは──何なの？

そのとき、誰かが聡子の手を取った。初子だ。

お姉ちゃん……。

初子は、少女の一人へ向って泳いでいくと、その首に巻きついたつたをはがそうとした。

つたは、素早く解けたと思うと、初子の体へ巻きついた。

お姉ちゃん！

来ないで！──初子が激しく首を振った。来ちゃだめ！

聡子は、姉を助けようとすれば自分もやられる、と思った。

プールの底へ、次々に新しいつたが這って来て、もう少女だけでなく、男たちの足首にも巻きついて水の中へ引きずり込んでいた。

誰か──。誰か助けて！

何とかして！

聡子は、つたが姉の首へぎりぎりと巻きついていくのを見て、放っておくことはできなかった。

水をけって、初子に向って泳いで行く。

するうと——誰か、女の子が底から浮かび上ってくるように、初子の体へ取りつくと、つたを引きはがした。

あれは……あの制服姿は……。

初子の体がフワリと浮いた。

「根を断ち切って！」

と、間宮しのぶが言った。

根を……。

「屋敷の中の植物からのびて来たのよ！　あれを殺して！」

屋敷の中の植物！　あのサンルームを埋めている植物のことか！

聡子は、ぐったりしている初子を抱きかかえて、必死で水面へと顔を出した。

「お姉ちゃん！　息をして！」

初子が咳込《せきこ》む。

「聡子……」

「泳げる？」

「何とか……」

「プールから上ろう！」

聡子は、プールの端へと必死で泳いだ。

水から上ると、初子を置いて、屋敷の中へ駆け込む。

目の前に誰かが倒れていた。――倉田だ。

頭を割られて、死んでいることは分った。

「――もう必要ないのでね」

後ろで声がした。

正敏が立っている。――と思うと、その顔は突然歪《ゆが》んで、倉田の顔になった。

「みんなを助けて！」

正敏の顔に戻って、それは笑うと、

「今なら間に合うよ。僕の花嫁になってくれるのならね」

聡子は後ずさった。

「どうする？」

「来ないで！」

「じゃ、いいんだね。みんなが養分を吸い取られて、ひからびても」

聡子は振り向いた。

輝子が、いつもと同じ微笑を浮べて立っている。

「あなたは正敏と結ばれる定めなのよ」

と、輝子は言った。

「さあ……」

と、正敏が手をさしのべてくる。

聡子は、ゾッとした。濡《ぬ》れた体が凍えるようだ。

そのとき、輝子が奇妙な叫び声を上げた。

そして、苦しげに身悶《みもだ》えたと思うと、その顔が変って、「信子」という女になり、それから体中がねじれていった。

「畜生！　どうしたんだ！」

と、正敏が叫んだ。

煙が立ちこめて来た。――聡子はサンルームへと駆けて行った。

炎が、サンルームのあちこちで上っている。

聡子は叫んだ。「みんな死んじゃう！」

「急いで！」

江上ゆかりと清美の二人が、サンルームの植物にガソリンをかけ、火をつけていた。

たちまち葉がしなびていく。鼻をつく異様な臭いがサンルームを満たしていた。

「プールは？」

と、清美が訊《き》く。

「見てくる！」

聡子は駆け戻った。――正敏が、黒く焼けただれ、よろけながらプールの方へ出て行く。

プールから、何人かが這い出て喘《あえ》いでいた。

正敏が水へ落ちると、プールの水が一気に泡立った。

「お姉ちゃん！」

と、聡子は駆け寄った。

初子が、やっと起き上る。

「今のは……」

「焼いてるの！　植物に火をつけてるのよ」

「みんなは？」

初子がプールのへりへ近付いたとき、水中から、真黒な手がのびて来て、初子の足首をつかんだ。

「お姉ちゃん！」

聡子が飛びつくようにして、姉の手をつかむ。

水へ落ちた初子が、必死で這い上ろうとした。――正敏の手だ。初子を引きずり込もうとしている。

「お姉ちゃん、頑張って！」

懸命に引張り上げると、初子は、何とかその黒い手を振り切った。

初子を引張り上げると、聡子は一緒になって倒れ込んだ。

そして、そのまま気を失ってしまったのだった……。

凍えるような寒さに身震いして、聡子はハッと気付いた。

体を起す。――水着姿で倒れていた。

「聡子さん……」

清美がやって来た。

「私、どうしたのかしら」

周囲を見回して、唖然《あぜん》とした。

夜が明けて、辺りは充分に見渡せる。――しかし、あの屋敷は……。

そこにあるのは、もう何十年も放り出されていたに違いない、崩れかけた廃墟だった。

「これが……あの屋敷？」

「ええ。プールも……」

プールなど、そこにはなかった。雑草と水草の繁った大きな池が、淀《よど》んだ水をたたえているだけだ。

池の周りの地面に、大勢の男女が倒れていた。

みんな裸同然だ。――聡子は、姉が見当らないのに気付いた。

「お姉ちゃんは？」

急いで周りを見回すと、遠くから初子のやってくるのが見えた。

「お姉ちゃん！」

聡子は駆けて行って、思い切り姉に抱きついた。

「ちょっと！　服が濡れるでしょ！」

初子は、もう普通の服に替えていた。

「一人で着替えて！　ずるい！」

と、聡子は口を尖《とが》らした。

初子は笑って、

「みんなの分、服を用意しようと思ったら大変ね。でも、このままにしとくわけにもいかないしね」

「私、女の子たちの分は何とかします」

と、清美が言った。「ひどい目に遭わせちゃったんだし」

「今、あの人が持って来てくれるわ」

初子は、手を振った。――江上ゆかりが急いでこっちへ来る。

「とりあえず着るものを、車に積めるだけ積んで来たわ」

と、ゆかりが言った。

「清美さんたちのおかげで助かったのね」

と、聡子は言った。「もう少し遅かったら……」

「しのぶが教えてくれたのよ」

と、清美は言った。

「私もプールの中で聞いたわ」

「間に合って良かった。——江上さんがいてくれたし」

と、清美はゆかりの腕をとって、「相手が人間じゃないのなら、最後は家ごと火をつけるしかないと思い付いて、江上さんに頼んで、ガソリンを用意しといてもらったの」

「あのサンルームが、パーティの中心になってたから、あそこから植物がつたをのばして行くのを、隠れて見ていたのよ」

と、ゆかりは言って、身震いした。「思い出してもゾッとする」

「ともかく、みんな助かったの？」

と、聡子は訊いた。

「いえ……。何人かはたぶん、池の底だわ」

と、初子が言った。

「じゃあ……」

「お父さんと、柳田コーチがいないわ」

初子の言葉に、聡子は思わず息をのんだ。

「何人ぐらい死んだのかしら」

と、初子は暗い表情で言った。

そのとき、

「先輩！　聡子さん」

と、明るい声が飛んで来た。

「のぞみちゃん！」

聡子は、黒木のぞみが元の通りの元気な姿で駆けて来るのを見て、飛び上った。

聡子が駆けて行き、のぞみと抱き合う。

「死ななくて良かった……」

のぞみが泣きながら聡子に抱きついている。

——初子が言った。

「早く着替えさせないと。せっかく助かっても、風邪ひきが何人も出ちゃいそうだわ」

「一緒に着るものを運びましょう」

と、ゆかりが言った。

何人かが、意識を取り戻し始めたようで、起き上ったりしている。

初子たちは、聡子をせかして、足早に歩き出した。

エピローグ

プールの水が、ゆったりと波打っている。

聡子は、タオルをデッキチェアへかけると、静かに水へ入って行った。

――ホテルのプールは、今、ちょうどチェックアウトとチェックインの間の時間のせいか、他に誰も泳いでいなかった。

聡子は、ゆっくりとプールを往復した。

午前中、父と柳田コーチの告別式があって、この後、母と姉と三人、今日の夜には家へ帰ることになっていた。

そのわずかの合間に、

「泳いでくる」

と、聡子は言って、ここへやって来たのだ。

「よく泳ぐ気がするわね」

と、初子は呆れたが、聡子にとって、こうして泳ぐことが、父とコーチへの弔いだったのだ。

——一体、何が起ったのか。誰も真相は知らない。父と柳田以外にも、三人の遺体が上った。みんな高齢で、心臓発作などが死因だった。若い女の子たちは幸いみんな無事だったのである。

——競泳関係者の野外パーティで、はめを外し過ぎた出席者が池へ次々に飛び込んでの事故。

これが、マスコミの大方の見方だった。

世間の批判を浴びて、今の幹部が辞任することになりそうだ。——聡子としては、同情する気にもなれない。

聡子は、一旦プールの端へつかまって、顔を上げた。

デッキチェアに、間宮しのぶが座っていた。

聡子は驚かなかった。何となく分っていたような気がした。

「——もう帰るんですね」

と、しのぶは言った。

「うん。——ありがとう」

「いいえ、お礼を言うのは、私です」

と、しのぶが照れたように言った。

「——ねえ、あなたは知ってるの？　安永輝子と正敏って、本当に存在していたのかしら？」

「ええ。でも殺されて、あの植物がその姿を借りていたんです」

「私が助けたのは？」

「養分がとれずに弱っていたので、女の子を襲おうとして、逆に川へ落とされてしまったんです」

「あのとき、放っとけば良かったんだ」

「でも、仕方ありませんよ。よかれと思ってやったことなんですもの」

「うん……。正敏は倉田の姿になって、あなたや、谷田ユカを犠牲にしていったのね」

「充分力をつけたとき、もう必要がなくなって、倉田は殺されてしまったんです」

倉田と正敏が、同時に「倉田」として行動していることがあったので、奇妙な出来事も起ったのだ。

「あなたも……生きてれば良かったわね」

と、聡子が言うと、しのぶは寂しそうに微笑んで、

「でも、清美たちを守れたから……。それで満足です」

と言った。「来年のオリンピック、頑張って下さいね」

「ありがとう」

と、聡子は言った。「でも――もう、私のピークは終ったのよ」

「人生のピークは、一つだけじゃありませんよ。水泳が終っても、大学生活や、恋や結婚があって、いくつもいくつも、ピークがやって来ますよ」

聡子は肯《うなず》いた。

「そうね。――そうだね」

聡子は、自分があまりに急ぎすぎたような気がした。まだ、たった十八年しか生きていないのに……。

「私、楽しく泳げるようになったわ」

と聡子は言って――。

もう、しのぶの姿はなかった。

もう一度、水を切って泳ぐ。

水はやさしく聡子に寄り添っている。

――あの奇妙な植物は、何だったのだろう？

考えてみれば、柳田も父も、「聡子」から養分を吸い上げて生きていたようなものだ。――人の心の中にも、あの植物は根を張っているのかもしれない。

私はいらない。

私は、自分の力で泳いで、それで負ければそれもいい。聡子は、そう思った。

「——聡子、上ったら？」

初子が、プールサイドで呼んだ。

「うん」

聡子は、姉の方へ泳いで行った。

「どう、調子は？」

「まあまあね」

と、聡子は言った。「お姉ちゃん、また泳いだら？」

「私？——そうね」

初子は手を差し出して、「今度は、あんたに勝つかもしれないわね」

聡子は、ちょっと笑って手をのばし、姉の手をしっかりとつかんだ。

本書は1999年12月徳間文庫として刊行されたものの新装版です。なお、本作品はフィクションであり実在の個人・団体などとは一切関係がありません。

徳間文庫

夜《や》会《かい》

〈新装版〉

2020年5月15日 初刷

著者 赤《あか》川《がわ》次《じ》郎《ろう》

発行者 小宮英行

発行所 株式会社徳間書店

東京都品川区上大崎三-一-一
目黒セントラルスクエア 〒141-8202

電話 編集〇三(五四〇三)四三四九
販売〇四九(二九三)五五二一

振替 〇〇一四〇-〇-四四三九二

印刷
製本 大日本印刷株式会社

ISBN978-4-19-894555-8 (乱丁、落丁本はお取りかえいたします)